魔豆

魔豆

夜之賢者

Sage of Night

08 [完]

香草——著

阿爾文
艾爾頓帝國親王。外表爽朗，實則警戒心重。待人處事嚴謹但圓滑，使衆人相當信服。
傑瑞米
不敗戰神，阿爾文與路卡的皇叔，叛離了艾爾頓帝國。
沈夜
聰慧溫潤的小說家，意外穿越到異世界。看似無害，關鍵時刻卻十分可靠。
路卡
艾爾頓帝國皇帝。表面溫和好說話，實質腹黑並善於權謀。

伊凡
原是名刺客，現為沈夜的暗衛。任何人事物都冷漠以對，只在乎妹妹賽婭與沈夜。
賽婭
伊凡的妹妹，魔法師。性格老實溫和，為國內閃亮的魔法界新星。
夜之賢者
—人物介紹—

夜之賢者

Sage of Night 08 [完]

目錄

❀楔子

歐內特斯帝國民風剽悍，這裡的人民似乎天生執著於力量，武者在國內有著崇高地位。相對地，做著無需武力值工作的人，例如農民、商人等，社會地位卻非常低下，即使再富有、過著再優渥的生活也會讓人看不起。

因此除非天賦眞的很差，不然在歐內特斯帝國中，沒有人會想當農民這類在眾人眼中與「廢物」、「無能」等詞畫上等號的職業。

不知情的外來者可能會覺得歐內特斯帝國的情況十分奇怪，國內有那麼多武者，卻沒有那麼多適合的職缺；而且沒有農民就沒有糧食，其他行業的人也就不用玩了。

一個七成國民是武者的國家，重武輕文到這樣的程度，眞的「大丈夫」嗎？

如果拿這問題去問歐內特斯帝國的人民，他們一定會理所當然地回答：「缺了什麼，便去搶啊！」

歐內特斯帝國氣候炎熱，有五分之一的國土是沙漠，根本不適合種植農作物。人民大都以打獵維生，東西不夠吃的話便對其他國家進行搶掠。

同樣道理，想要新的技術、肥沃的土地、豐富的礦脈……這些也可以靠攻打其他國家搶過來。這種國家風氣造就了歐內特斯帝國強大的侵略性，好戰因子已深入人民的骨髓，他們早已習慣以掠奪來得到各種事物。

於是歐內特斯帝國以戰養戰，全民尚武的結果讓他們的侵略所向披靡，周邊沒有哪個國家能阻擋她的鐵蹄踐踏。

他們以驚人的速度攻打周邊國家，並將這些國家收編，迅速擴大自己版圖，直至威脅到了艾爾頓帝國的安全為止。

多年以來的戰無不勝已養大了歐內特斯帝國的胃口，也使這個國家的國民變得驕傲自滿，都覺得自己天下無敵了。結果他們像往常侵略其他國家那樣，派兵到艾爾頓帝國邊境搶奪物資時，即使受到艾爾頓邊境軍強烈的抵抗，卻也沒有對此放在心上。

那時艾爾頓邊境城鎮的軍備並不算強大，加上歐內特斯帝國的攻擊來得突然，雖然艾爾頓的士兵已盡力抵擋，卻還是很快被歐內特斯帝國的軍隊打敗。

歐內特斯帝國做這種強盜般的勾當已非常熟練，可說是搶奪技能滿分。搶回滿載的物資後，軍隊便大肆慶祝了番，誰都不把艾爾頓帝國當一回事，完全不知道他們即將踢到鐵板。

當艾爾頓帝國的大軍殺到歐內特斯邊境時，歐內特斯的眾將士都懵了！

這劇本不對啊！那些被搶劫的國家不是應該被他們打得怕了，然後嚶嚶嚶地默默吞下苦楚嗎，怎麼反過來攻打他們了？

這個艾爾頓帝國竟如此不識趣，簡直不把他們歐內特斯帝國放在眼裡！

當時自大狂妄的歐內特斯帝國軍隊仍不把艾爾頓帝國當一回事，對對方的反擊完全沒有危機感，反而覺得他們的權威受到了挑戰。明明是歐內特斯理虧，可他們不但不服，還使足了勁地打回去。

歐內特斯帝國至今的成就，可說都是靠侵略他國得來的，雖然艾爾頓帝國這塊硬骨頭很難啃，可是野心勃勃的她卻不願意就此退縮。

至於艾爾頓帝國，則是被歐內特斯帝國的野心，以及她的侵略狠勁嚇到。雖然兩國國力相當，現在艾爾頓帝國可以選擇抽身而去，在歐內特斯帝國吞併其他小國時獨善其身。可是自己的勢力範圍，豈容他人亂來？繼續讓歐內特斯帝國擴張下去，總有一天對方會變得比艾爾頓強大，到時對方又怎會放過他們？

於是兩國便開始了漫長的戰爭，從最初單純的利益爭鬥，逐漸因各自死了不少人而積怨日深，到了不死不休的局面。

可是艾爾頓帝國在此之前一直是個和平的國家，不像歐內特斯帝國那樣善戰，因此軍事實力相形之下略顯遜色，好幾年都是被敵人壓著打的局面。

這種情況下，再樂觀的人也會忍不住對自身、對自己的國家產生懷疑。艾爾頓帝國的士兵真的很愛自己的國家，但一次又一次的戰敗卻讓他們感到徬徨了。

不知不覺間，整個國家消沉了下去，人們鬥志不再，彷彿往昔榮光已逝去、不再有希望。

直至艾爾頓帝國出現了一個強大得令人只能仰望的戰神——傑瑞米．艾爾頓。

這個男人，打破了兩國僵持的局面。

傑瑞米年幼時便已展現出武學上的天賦。如果只是個人能力強大，他再怎麼以一敵百地在戰場上廝殺，作用也不大；然而，難得的是，他同時是一名出色的將領，領兵打仗的能力同樣傑出。

就是這個年紀輕輕、有著皇族血統的尊貴青年，讓士兵們再次重拾自信，知道國家是可以取得輝煌勝利的！

只要是傑瑞米參與的戰役，就從來沒有戰敗過。久而久之，傑瑞米便被人民稱爲「不敗戰神」。

傑瑞米這位帝國的二皇子，相較於在城堡裡過著奢華生活，他更喜歡留在邊境的軍隊裡歷練。

他喜歡與敵軍交戰時那種熱血沸騰的感覺，也享受著軍中兄弟對自己的敬仰與信服。

傑瑞米的存在成功壓制了歐內特斯帝國的氣焰，原本歐內特斯最爲自豪的便是軍事能力，偏偏這人卻直接碾壓了他們最引以爲傲的地方，這對他們來說是個致命的打擊。傑瑞米就像一顆大石，壓得歐內特斯的軍隊喘不過氣。

傑瑞米這名戰神的出現，扭轉了艾爾頓帝國的頹勢。兩國之間又再打了幾年的仗，卻是誰也奈何不了誰。

連年戰爭使人民哀聲載道，最終兩國簽訂了停戰協議，各自安分守己了頗長的一段時間，藉此休養生息，讓被戰爭拖累的民生與經濟有個喘息的空間。

在這期間，艾爾頓帝國迅速發展起來。尤其在皇帝路卡，以及新上任的賢者沈夜的帶領下，國力更是有著飛躍性的進展。

而歐內特斯帝國卻漸漸有了衰敗的趨勢。

歐內特斯帝國本就是憑藉戰爭發展的國家，可現在卻因停戰協議而綁手綁腳，無法搶奪其他地方的資源。他們的國民又大都是以武力維生的武者與劍士，沒有了戰爭，一時間大量士兵失去了工作。雖然國家大力鼓吹人民轉換職業，但多年來重武的思想卻不是那麼容易能改變的。

尤其那些身手不錯的人，更是覺得去當商人、農民什麼的根本是種污辱。

沒有工作收入，那就去搶吧！反正以前都是這麼過來的，只是以前是搶掠其他國家，現在改搶劫國內商人、富豪罷了，只要有錢就好！有這麼輕易獲得財富的方法，誰願意辛苦工作呢？

結果不要說休養生息了，這些年來歐內特斯帝國根本就是一團亂！如果不是皇帝亞伯勒用鐵血手腕，武力鎮壓這些作亂的人，只怕國家都要鬧分裂了。不過亞伯勒這個暴君也只對戰鬥方面在行，內政政績完全被路卡甩出幾條街，這些年來兩國發展的差距愈來愈大。

亞伯勒知道，他們已經不能再等了。

正式出兵攻打艾爾頓帝國的話，他們一定沒有勝算，因此亞伯勒只能利用陰謀詭計取勝。而現在，他已經準備好給予艾爾頓帝國致命一擊。

多年的籌謀，終於讓亞伯勒有了殺入艾爾頓皇城的機會。現在傑瑞米與阿爾文兩名將領不在，對歐內特斯帝國來說正是天賜良機！

艾爾頓帝國最大的弱點，是他們皇室人丁單薄。要是能殺掉路卡，艾爾頓帝國便沒有名正言順的皇位繼承人了。

歐內特斯帝國已經準備好，殺死路卡後便扶持幾個藩屬國的國王造反，到時艾爾頓帝國的國土勢必分裂；而成為一盤散沙的艾爾頓帝國，將再也不是他們的對手。

歐內特斯帝國還有可能逐漸吞併分裂後的艾爾頓帝國，成爲大陸上最爲龐大的國家，一統天下指日可待。

因此，這次進攻會由身爲皇帝的亞伯勒親自領軍，這對於歐內特斯帝國來說已經是背水一戰了。

不達目的，誓不罷休！

Chapter 1
聚首一堂

沈夜等人經過商議、決定返回皇城後，便沒有繼續在森林裡浪費時間，立即收拾東西打道回府。

雖然回去是很高興沒錯，可是才剛把村莊建好便要離開，村民們對此都表現出非常不捨。

「啊……我們才剛把羊欄加固了說……」

「就是嘛，我好想知道這次的羊欄到底能堅持多久才倒呢！」

四周響起諸如此類的感慨，傑瑞米面對著阿爾文充滿戲謔的眼神，好想找個洞鑽進去。

你們這種豆腐渣工程，這麼大剌剌地說出來好嗎？

還是在阿爾文的面前說出來！

求閉嘴！

面對阿爾文這個前宿敵、現在的親兒子，傑瑞米的感情十分複雜。以前一直覺得這孩子是個難纏的對手，然而討厭的同時卻仍止不住地感到佩服。現在知道對方是他與珊朵拉的兒子，傑瑞米在自豪的同時，卻實在對這名青年親近不起來。

但無論是身爲宿敵還是兒子，阿爾文絕對是傑瑞米最不願意讓他看到自己出糗的人，沒有之一！

可惜傑瑞米的一眾部下不知道首領複雜的心情，繼續做著自曝其短的感慨。

其實也怪不得柏格他們做出這種豆腐渣工程，當初他們在這裡居住，只打算找一個暫時的落腳處，等待傑瑞米能回歸皇城的機會。他們深信傑瑞米不會永遠都是個通緝犯，總有一天會殺回帝國並奪回屬於他的榮耀，因此也就自然不會對這裡的建設有多用心了。

沈夜與喬恩沒什麼東西好收拾的，一些要帶走的物品都被少年迅速收入空間戒指裡，與阿爾文等人待在一旁，看著眾人吵吵鬧鬧地打包行李，倒是襯托出他們的無所事事、悠閒自得。

這是沈夜來到這座村莊後，第一次能夠什麼都不用想、不用時時刻刻警戒地生活。阿爾文與傑瑞米冰釋前嫌後，沈夜這才眞正放鬆下心情來享受這種純樸的田園生活。可惜今天他們就要回去了，畢竟路卡還在皇城等著他們呢。

阿爾文看出沈夜的不捨，他揉了揉少年的頭，體貼道：「這裡的野獸都被傑瑞米他們驅逐，短時間內不會回來，這座村莊應該還能保存一段時間。要是小夜你喜歡，等事情結束後我們便過來小住幾天吧！」

沈夜想不到阿爾文竟如此敏銳地察覺出自己的不捨，還允諾會帶自己回來玩，瞬間高興起來。

沒有離愁別緒來佔據思緒，沈夜便想起既然現在自己的身分不再是祕密，大家都知道他是賢者，那麼就沒必要繼續披著假的髮色與眸色了。更重要的是，小黑不用繼續裝成男孩子。

於是當沈夜恢復了眞正容貌、小黑也換回女裝後，傑瑞米等人頓時驚訝萬分。

沈夜就算了，畢竟傑瑞米他們早就知道賢者大人有著漆黑的髮色與眸色。可是小黑突然變成女孩子，他們完全無法適應呀！

此時傑瑞米終於明白到，爲什麼沈夜對於他訓練喬恩會表現出這麼大的怨念，而且還經常對喬恩耳提面命不要訓練出肌肉。

想到自己這段時間對喬恩毫不留情的操練，要是其他小女孩只怕已哭著跑走了，這孩子眞是前途無量啊！

至於小黑的小伙伴，也同樣因她性別大變而嚇到。

「喬恩，妳眞的是女孩子嗎？」

村莊孩子王的代表、小黑的頭號小弟湯姆，好奇地左看右看小黑穿裙子的模樣。

因爲先入爲主覺得喬恩是男孩子，所以現在怎麼看都覺得對方是男生穿裙子，感覺好彆扭！

小黑驕傲地揚起下巴：「即使我是女孩子，我也可以把你按著揍，不服來戰！」

湯姆想起自己被喬恩壓著打臉的悲慘經歷，現在知道對方是女生後，突然覺得這回憶還挺帶感的……

見小黑與湯姆相談甚歡，湯姆說著說著還露出了嬌羞神色，沈夜把拔心頭頓時敲響了警鐘，立刻上前分開二人：「明天我們還要出發前往皇城呢，湯姆你才剛痊癒，就早些回家休息吧。」

小黑一看到沈夜，立即便把旁邊的小弟拋諸腦後，撲進少年懷裡撒嬌：「沈夜哥哥，我想念家裡的兔兔了。」

沈夜想起賢者府那堆療癒感十足的白色毛團，也不禁有些想念銀耳兔抱在懷中的感覺：「我們離開之前，最大的兩隻銀耳兔又懷孕了，說不定我們回去後已多了些兔寶寶呢。不過生完這一窩後，得替那些銀耳兔結紮了，不然讓牠們一直生一直生，家裡很快便會被毛團淹沒啦！」雖然想到被毛團淹沒的情景實在很萌，可是現實中無法照顧那麼多銀耳兔，還是適可而止得好。

湯姆看著一大一小離去的背影，有點疑惑地摸了摸下巴。

怎麼他覺得賢者大人好像有點不喜歡他？

說不喜歡好像有些不正確，應該說……在防著他？

湯姆抓了抓頭髮，覺得自己真的得回去休息了，不然又怎會胡思亂想的，想到這麼亂七八糟的事情？

湯姆卻不知道，其實他在某程度上真相了。

這一晚很多人都失眠了，因著終於能到皇城的興奮，也有對前途的茫然。

尤其對傑瑞米的追隨者來說，這兩天發生的事情實在非常不眞實。不久前，傑瑞米與阿爾文二人才在決鬥中拚個你死我活，可現在卻又冰釋前嫌了，怎樣看都覺得這轉變很奇怪啊！

不僅是柏格等人，就連傑夫他們也不明白阿爾文爲什麼會如此輕易地接受了傑瑞米的投誠。難道他一點都不擔心傑瑞米只是假裝投降，回到皇城後挖個大坑給他們跳嗎？

不同於部下們的糾結，身爲首領的阿爾文與傑瑞米倒是不擔心對方。即使突如其來的父子關係並未讓兩人變得親近，可是多年的交鋒讓他們清楚對方的性格，誤會解開後，他們也願意將背後交給彼此。

雖然明白部下們的不安，但阿爾文他們並不打算公開彼此的關係，畢竟阿爾文的身世不算光彩，也牽扯到上一代的隱私。過去的事，就任由它過去好了。至於部下們的困惑與糾結，就只能在心裡說聲對不起，並留待時間去證明了。

除了阿爾文的身分，同樣要隱瞞的，還有沈夜能利用失落神殿轉移至任何地方的能力。就算是在這個世界，這種力量也過於驚世駭俗。現在知道沈夜擁有這種能力的人就只有希潔爾祭司、路卡、阿爾文、伊凡、賽婭與喬恩。至於殺手卡洛兒，她應該還搞不清楚少年是如何逃走的，而曾目擊沈夜消失的柯特等人，則被路卡以沈夜持有珍貴的傳送魔法卷軸而搪塞過去了。

像希潔爾祭司這種創世神的死忠粉絲，既然她已認定沈夜是創世神的寵兒，那麼沈夜拜託她不要把事情傳出去的話，相信她絕不會對他人透露分毫。宗教最厲害的地方，便是能讓無數人願意爲他們心中的神奉獻性命，更別說只是保守一個祕密了。

至於其他知情者，無一不是沈夜非常信任的人。除了他們，沈夜並不打算讓更多人知曉他的能力。

即使沈夜相信傑瑞米的爲人，也願意與這個人並肩作戰，但他覺得底牌還是愈少人知道愈好。

何況以沈夜剩餘的神力，無法傳送那麼多人一起離開，加上並不急著要立即回去，倒不如把那些力量留下來保命更好。現在局勢不明朗，誰知道往後還會不會使用到這種力量。

因此沈夜利用信仰之力傳送而來，離開時卻與眾人一起風塵僕僕地騎馬回國。

在部分城市內常設有傳送陣，這大大縮短了沈夜他們的路程。只是使用傳送陣的費用不低，要不是有阿爾文這個能隨意調用傳送陣的親王，光是傳送回皇城一趟，就要花光沈夜的積蓄了。

即使艾爾頓帝國為四大帝國之一，也只有一些重要城市才設有傳送陣。傳送陣是國內非常重要的設施，也有著重大的戰略意義。

每個傳送陣都有重兵把守，人們要使用傳送陣，必須繳付高昂的費用。而作為帝國核心的皇城中，傳聞也設立了一個傳送陣，只是那個傳送陣比較特殊，只能單方面將人從皇城傳送出去，並且不對外開放，因此沒多少人知道它的所在位置。這樣的設計都是為了保護皇城的安全，讓敵人不能利用傳送陣將士兵直接送到皇城裡。

正因如此，沈夜他們即使使用傳送陣回去，頂多也只能傳送至離皇城最近的城市，之後便得靠自己前進。

也幸好有路卡預先為他們打點，因此沈夜與傑瑞米這兩個通緝犯並沒有引起太大注意。不然每個使用傳送陣的人都必須被檢查身分與傳送目的地，只怕他們才剛接近便已被人抓起來，這段旅程也不會這麼順利了。

□

沈夜離開皇城的這段時間裡，路卡一面與瑪雅虛與委蛇，一面調查著錫德里克家族的事，還要控制有關沈夜的各種流言走向，可謂忙碌得很。

爲免引起歐內特斯帝國的警戒，路卡並沒有爲傑瑞米與沈夜平反，而是讓他們繼續揹負叛國的罪名。不過爲了替兩人之後回歸帝國做打算，路卡還是讓人小心翼翼地控制輿論，免得沈夜被一桶又一桶的髒水潑得太厲害，到時即使證據充足，也難以爲他澄清漂白。

在控制輿論的同時，還抓到了不少藉沈夜一事而趁火打劫的人，其中有些人表示是收了錫德里克家族的錢才故意製造抹黑沈夜的言論，這對路卡來說實在是個意外的收穫。

路卡實在不明白沈夜到底得罪了瑪雅什麼，讓對方總是抓著他不放，即使已逼得少年逃走還不忘要抹黑他。

雖然爲了避免打草驚蛇，讓沈夜與傑瑞米一直頂著叛國的罪名，不過路卡私下早已與一些他信得過的心腹大臣聯合起來，偷偷開了一次大會，交代清楚這段時間調查出來的事。

年輕皇帝的說法是，傑瑞米在多年前早已察覺歐內特斯帝國的異動，於是與路卡商量後，便僞裝成叛國、實則混進歐內特斯帝國內查探虛實。至於沈夜，則是因爲知道了路卡與傑瑞米的計畫，這才爲傑瑞米隱瞞行蹤，結果卻硬是被人戴上一頂叛國的帽子，還因此遇上刺客暗殺，不得已只得逃離帝國。

路卡說的雖然與事實嚴重不符，可是青年一番話說得理直氣壯，沒有絲毫說謊的心虛，而且還拿出了不少錫德里克家族叛國通敵的證據。

這些大臣中有不少人本就很看重傑瑞米與沈夜對帝國的貢獻，對他們投靠歐內特斯帝國一事存疑，現在聽到傑瑞米根本就沒有叛國，而賢者大人也是被牽連，這絕對是可喜可賀的事情嘛！

人們對於有利自己的事，接受程度總是比較高，路卡集合的這些人又全都是以國事爲重、做實事又效忠國家的保皇黨。既有了路卡的擔保，他們在還未看到路卡提出的證據時，情感上便已接受兩人是無辜的了。

只是這些人能接受傑瑞米與沈夜無罪是一回事，在聽到錫德里克家族竟與歐內特斯帝國有所牽扯，而且很可能是對方派來帝國的間諜時，眾大臣全都不淡定了！

錫德里克家族並不是新興貴族，而是經歷數代的老牌貴族，地位高且有封地，更還曾與皇室聯姻。

然而事實卻讓他們不得不相信。路卡的準備很充分，他早就準備好近期搜集的資料，讓證據來說話。

根據這些資料，錫德里克家族的罪行可謂觸目驚心。眾大臣愈是了解這個家族的眞面目，便愈是膽戰心驚。想不到敵國的間諜竟然會藏得這麼深，如果不是他們陛下英明，只怕總有天被錫德里克家族賣了都不知道。

有些大臣與錫德里克家族交好，甚至有的與對方的族人聯姻，此時都在心裡想著回去要好好查一下自己家族裡的人有沒有問題，以及該怎麼與錫德里克家族撇清關係。

聽著路卡的說明，眾大臣臉上的表情愈來愈難看。栽贓嫁禍、謀害忠良、通敵賣國……每項都是殺頭的罪名，只要沾上一點就甩不掉。再加上這些年來錫德里克家族暗地裡做的壞事不少，這些大臣雖說不上完全兩袖清風，但也一心愛國，實在不齒對方所為。

因此接下來路卡說出對付錫德里克家族與歐內特斯帝國的計畫時，會議中沒有任何人有異議。這些毒瘤不除，他們絕對無法安心。

現在敵明我暗，實在是全數拔出歐內特斯帝國埋下的釘子的好時機，因此大家都贊成暫時按兵不動，就是要委屈沈夜與傑瑞米兩人了。

至於被關押在城堡地牢的伊凡兄妹，也在這些大臣的協助掩飾下離開了城堡的水牢，順利回到賢者府。

而直到這時候，伊凡與賽婭才驚訝得知，原來城堡竟有條連接賢者府的密道！

見伊凡兄妹震驚的表情，送他們前往密道入口的路卡微笑道：「建造賢者府時，我為了往後能經常去探望小夜，所以就讓人設置了這條密道。不過小夜搬進賢者府後還是有與皇兄一起經常過來城堡探望我，所以這密道便沒有使用了。」

說罷，路卡還一臉惋惜地嘆了口氣。

伊凡與賽婭雖然表面冷靜，可是心裡都在瘋狂吐槽。

別一臉理所當然啊喂！

你不告知屋主便在人家家裡挖地道，現在被發現，就不能表現得有些心虛嗎!?

即使你笑得再溫和，也無法掩蓋你這種變態舉動啊！

但路卡的表情實在太坦然了，害伊凡與賽婭覺得他們要是責怪對方的話，反倒顯得他們很大驚小怪。

罷了，反正沈夜不在，他們也不好對路卡說什麼，還是得等沈夜回來後，再看看他對這件事的態度。

不過伊凡與賽婭有預感，只要路卡忽悠幾句，沈夜便不會覺得自己家裡在不知情的狀況下多了一條密道，是一件多大的事。畢竟沈夜對自己人總有著令人驚訝的包容與信賴。

伊凡與賽婭交換了個無奈的眼神。有這麼缺心眼的主子，實在讓他們擔憂啊！

正當伊凡與賽婭偷偷出獄時，賢者府的眾人早已獲得了路卡的通知，因此當伊凡兄妹從密道裡出來，便見柯特他們已站在密道出口等待了。

伊凡見到高興迎上來的柯特，毫無預兆地一拳便往對方臉上招呼，柯特的眼眶頓時出現一個十分顯眼的瘀青。

「啊！你幹什麼？之前你打的熊貓印才消沒多久耶！」柯特摀住被打瘀青的眼睛，一臉怨懟。

柯特見伊凡抿著嘴不說話，生氣地說道：「把你們抓過去也許顯得很不近人情，可這是我的工作。我們效忠陛下，就像你效忠賢者大人一樣，都是各爲其主罷了。何況你先前都已經打了我，現在印子才剛消你又再打，身爲男人，伊凡你怎麼這麼小心眼啊！」

被罵小心眼的伊凡淡然說道：「我們被抓之後，不少人堅持要對我們嚴刑逼供，幸好都被陛下擋了下來。」

聽到伊凡的話，柯特的氣焰頓時滅了幾分。

伊凡續道：「牢房的環境太差，賽婭還病了。」

柯特臉上開始出現心虛的神情。

「我想要照顧賽婭也不能。」

柯特垂頭喪氣地說道：「……對不起。」

好吧，雖然伊凡很小心眼沒錯，不過他還是決定服軟了。

畢竟以伊凡這個護妹狂魔的妹控程度，這次入獄害得賽婭生病，伊凡沒有第一時間找他這個罪魁禍首拚命，已經是很念舊情了……

雖然就像柯特之前所說的，他並不認為自己盡忠職守有什麼過錯，不過他實在無法與一個妹控講道理啊！

柯特摀住被打的眼睛，心裡的小人在嚶嚶嚶地哭泣著。

伊凡兄妹回到賢者府邸後不久，喬裝一番的阿爾文、沈夜與喬恩三人也順利回來了。

至於傑瑞米一行人，則表示另有要事，並沒有與沈夜他們同行。

沈夜離開賢者府已有一段時日，少年揹負著叛國罪名狼狽逃離，沒有人會想到他竟還有膽子敢回來，因此在賢者府附近監視的人並不多，大多反而是被派去他處抓捕他，倒是方便了沈夜他們偷偷回到府邸裡。

終於，因各種不同原因離開賢者府的人再次聚首一堂，賢者府失去的生氣與活力回來了！

沈夜他們不在的時候，雖然管家路易士與一眾下人將府邸打理得井井有條，然而沒有了主人的賢者府卻總有種冷清感，直到沈夜回來後，這裡才有了主心骨，誰都無法代替的。

沈夜回家後第一件事，便是將伊凡與賽婭從頭到腳仔細看了個遍，確認他們沒有受到傷害。

兄妹倆見少年緊張兮兮的舉動，皆心頭一暖，賽婭更微笑安慰道：「少爺，我們沒事，城堡裡有陛下照看著，我們並沒有吃什麼苦頭。」

一旁的柯特看著賽婭一點都不提自己因牢房環境惡劣而病倒的事，反倒溫柔地安慰著沈夜，心裡生出溫暖又酸澀的情感。原本覺得伊凡小心眼的他，突然也就不

生氣了，還覺得間接害賽婭生病的自己眞是混帳。

賢者府內的一切並沒有太大轉變，沈夜他們好好休息一番後，便提出想到城堡看看路卡。不過沈夜也知道現在自己身分敏感，外出可能會引來麻煩。

伊凡兄妹聞言對望了一眼，便一言不發地帶沈夜到連接城堡的密道入口。

沈夜目瞪口呆地看著原本好好的牆壁，在伊凡用特定節奏敲了幾下後，竟赫然出現一條長長的通道。

他家什麼時候有了這種設計？怎麼他竟然完全不知道!?

見沈夜驚呆的模樣，身爲共犯的阿爾文有點心虛地假咳了聲，爲沈夜解釋建造這條密道的理由。

阿爾文邊說邊緊張地觀察沈夜的反應，就怕少年誤會路卡不相信他，才在蓋賢者府時留了這一手。

雖然路卡說這密道是爲了與沈夜「幽會用」的，可是沈夜搬到賢者府後，這密道並沒有用武之地，路卡大可封了這密道，現在卻仍保留了下來，實在難保沈夜不會誤會路卡有監視他的意思。

沈夜聽到阿爾文的解釋，頓時哭笑不得，不過倒沒有因自己的領地被侵犯而感到生氣。

沈夜了解路卡，正如路卡了解他、知道自己的做法並未觸及他的底線一樣。他明白對方建這條密道並不是爲了監視自己，只是爲他的安全多做一重保障。

尤其想起以前小路卡的黏人程度，沈夜覺得他做出這種事毫不意外啊！

雖然心裡了解、也對此不在意，不過沈夜認爲還是有必要好好教育路卡一番。畢竟這樣先斬後奏的做法並不妥當，要是其他人，說不定早就生氣了。

於是路卡迎上從密道走出來的沈夜後，在阿爾文同情的目光下被少年教訓了一頓。

「……你以後不要再這麼做了，知道嗎？」沈夜邊說邊走，也不記得自己說了多久，說得嘴巴都乾了，正想要喝口茶，便見路卡一副誠惶誠恐的模樣，雙手奉上茶水。

沈夜接過路卡遞上的茶，看到對方做小伏低的模樣後便罵不下去了。

如果其他人看到這副情景，一定會嚇一跳。路卡雖然爲人溫和，可是以他的身分地位，別說教訓他了，他奉上的茶誰敢喝？

偏偏房間裡的二人，一個把茶接過來喝得心安理得，一人則視為理所當然。茶有點燙，沈夜小心翼翼地順著杯口小口小口喝茶，模樣特別乖巧，路卡見狀不禁勾起了嘴角：「我明白了，以後不會再這麼做。如果小夜你介意的話，我立即讓人封閉密道。」

沈夜聞言搖首：「算了，這密道還是滿方便的。反正賢者府也是你的家，我還特意留了一間房給你，可惜你都沒有來住過。」

路卡聽到沈夜的話，眼神頓時變得溫柔得不可思議：「待事情結束後，我便到你家小住幾天吧！」

「嗯！」沈夜笑著點了點頭，正要說什麼，卻見萊夫特前來通報。

「陛下，瑪雅小姐求見。」

Chapter 2
傑瑞米的禮物

阿爾文挑了挑眉：「小姐？我還以爲艾尼賽斯死掉後，她會迫不及待繼任呢。能忍到現在還眞是辛苦她了。」

路卡溫和的笑容則充滿了嘲諷，見到沈夜好奇的模樣，他笑道：「小夜，你如果好奇瑪雅前來的目的，可以留下來沒關係，不過要委屈你躲在一旁。」

「眞的？會不會不方便？」沈夜雙目一亮。現在大家都知道瑪雅不安好心，可是瑪雅本人卻不自知，老是湊到路卡面前，還沾沾自喜地以爲青年愛她愛得死去活來。

這兩人明明看起來像一對登對的情人，但其實卻各自計算著對方，沈夜實在很好奇這對影帝影后飆演技的情況。

路卡看到不只沈夜，就連阿爾文也露出了八卦的神情，無奈又好笑地道：「也沒有什麼不方便的，你們感興趣的話便留下吧。」說罷，路卡便讓萊夫特帶他們到房間的一角，讓他們待在那裡不要出來。

城堡每間房都很寬敞華麗，這個會議室自然不例外。萊夫特讓沈夜與阿爾文待著的角落是一處用來小憩的地方，以琥珀屏風圍出一個獨立而隱蔽的空間，擺有茶几及沙發，讓二人正好能將方才未吃完的茶點搬過去慢慢吃。

雖然屏風並不能完全阻擋他人刺探，但反正瑪雅又不會在房內到處亂走，因此兩人完全不擔心會被瑪雅發現，舒舒服服地躲在那裡看熱鬧。

路卡見沈夜與阿爾文安頓好後，才道：「萊夫特，讓瑪雅進來吧。」

很快，萊夫特便領著瑪雅過來了。

「萊夫特，你出去吧，這裡不用人侍候了。」路卡道。

當房間只剩下路卡與瑪雅後，少女羞澀一笑，心裡對於路卡特意爲他們製造的兩人世界感到滿意，卻不知道在房間一角，正有兩個人躲起來看好戲。

她所以爲的兩人世界，根本是四人世界啦！

自從調查出錫德里克家族的眞面目後，路卡爲了掌控他們的家主瑪雅，便一改以往相處時那溫和卻疏離的態度，對她殷勤起來。

瑪雅對此並沒有懷疑，還以爲自己的情意終於打動了皇帝陛下，卻不知對方這段時間對她的親近其實無關個人喜惡，更不是愛上了她，反而是因爲再也不憐惜她才會這麼做。

以前路卡會如此絕情地疏離瑪雅，其實是爲了少女著想。既然不能給予對方想要的東西，那麼路卡就不會去招惹、故意給對方希望。

但他現在知道瑪雅根本不安好心，與對方的相處便沒有了顧忌，反而處處釋出兩人可以再進一步的錯覺，並毫不留情地利用瑪雅的感情，試圖在與少女的相處中，探聽出歐內特斯帝國下一步的行動。

而瑪雅也不是省油的燈，在與路卡談情說愛期間，除了努力勾引對方，還有意無意地探聽艾爾頓帝國的武力布防等機密。

每每面對瑪雅的詢問，路卡總是一臉情深、裝作不經意地洩露出機密給她。當然這些所謂的「機密」，全都是路卡與大臣們謹慎商議後，故意用來誤導歐內特斯帝國的訊息。

瑪雅見路卡連國家機密都毫無保留地告訴自己，充分表現出對自己的信任與愛意，這讓被青年疏遠多時的她心裡得意萬分，心想若非路卡對她情深不悔，又怎會對她如此不設防呢？

瑪雅心情愉悅之下，成功被路卡降低了應有的警覺心，還眞讓青年成功探聽到不少有用的情報。

聽著兩人表面你儂我儂的談情說愛，實際上正你來我往地刺探對方虛實，躲在房間一角的沈夜與阿爾文忍不住咂舌。

沈夜想到在小說中，瑪雅原本是阿爾文的妻子，可現在她卻與路卡調情，而自己與阿爾文還躲在一旁旁聽……如果瑪雅像小說中那樣嫁給了阿爾文，那她就是路卡的嫂子了。雖然沈夜知道現在劇情已被他這隻亂入的蝴蝶搧得亂七八糟，阿爾文與瑪雅並沒有任何關係，可是總感覺還是怪怪的。

因爲沈夜的介入，小路卡並沒有死亡，繼承皇位的人也不再是阿爾文。沒了皇帝身分的阿爾文完全入不了瑪雅的眼，倒是路卡代替他成了瑪雅的獵物。

小說中阿爾文是眞心愛上了待他溫柔體貼的瑪雅，最後卻被她坑得沒了半條命；而現在路卡取代阿爾文的位置與瑪雅談情說愛，然而兩人都不是眞心的，皆用著甜言蜜語試圖操控、利用對方。

明明路卡與瑪雅這對俊男美女的組合看著很養眼，可沈夜還是覺得這兩人在一起時的氣氛好恐怖！

幸好兩人一個素來紳士，一個要僞裝純情羞澀，即使身處「熱戀期」，也沒有出現擁抱與牽手之外的身體接觸，不然沈夜一定尷尬死了。

路卡爲了探聽敵人虛實，竟還得出賣色相……想想還挺拚的。

路卡與瑪雅甜膩了好一陣子後，這才開始商量正事。

艾尼賽斯伯爵過世已有段時日，瑪雅繼任爵位的儀式現在已準備得差不多，這次瑪雅前來，便是與路卡商量儀式的事。

兩人商討告一個段落，瑪雅含羞帶怯地看了路卡一眼，也沒再糾纏下去，低聲向皇帝陛下告辭了。

路卡見狀，不捨地拉著少女柔軟的手，道：「瑪雅，妳……妳願意成爲我的妻子、艾爾頓帝國的皇后嗎？」

「什麼!?」瑪雅聞言神色一變，那副模樣與其說是驚喜，倒不如說被嚇到，完全看不出任何高興的情緒。

但很快地，瑪雅便回過神來，立即喜極而泣：「抱歉，陛下，我失態了……我只是太過高興……我、我喜歡陛下好久了，我願意……」

路卡溫柔地爲瑪雅抹拭淚痕，心疼地哄道：「別哭，這是開心的事。」

此時偷聽兩人對話的沈夜與阿爾文，已完全沒了八卦的心思，都是一副被雷劈中的模樣。要不是瑪雅人還在，他們早已衝出去阻止路卡了！

他們不反對路卡用「美人計」，可是求婚這是鬧哪齣啊!?

再怎樣想從瑪雅身上套取情報，也不用做那麼大犧牲吧？

二人忍啊忍，終於忍到瑪雅離開，便立即衝出去劈頭就罵。

沈夜道：「路卡，我知道你急於解決歐內特斯帝國，可是也不用假戲眞做把人娶回去吧？那可是朵食人花耶！這犧牲也太大了啦！」

阿爾文更狠：「這樣的女人也娶，你眼睛是被眼屎糊住了嗎？」

路卡聞言哭笑不得，不過看到兩人爲了他而氣急敗壞的模樣，也知道他們是擔心自己才會這樣，好笑之餘，頓時覺得心頭暖暖的。

「你們冷靜一下，我這麼做是有原因的。」

沈夜二人看著路卡充滿安撫的微笑，猶豫了下後，還是閉上了嘴巴，給對方解釋的機會。

路卡解釋：「瑪雅非常重視權力，可是剛剛她提及繼任儀式時，卻完全沒有高興與期待的情緒。她關注的重點也很奇怪，不僅異常關注場地的布置，還對此做出各種要求，就像是……她更在乎儀式的各種細節，而不是獲得爵位本身。所以我就在猜，歐內特斯帝國會不會打算趁儀式進行時做出攻擊。」

年輕皇帝看著沈夜二人若有所思的神情，續道：「歐內特斯帝國的戰力與我們不相上下，如果現在他們想要打破停戰協議，勢必得付出慘烈代價。因此要拿下艾爾頓帝國，最有效的方法便是將我殺掉、迅速控制皇城。最好還派大軍在邊境待命，待我死後帝國大亂之際，殺進來裡應外合。而瑪雅，不正是最佳的內應嗎？」

聽到路卡的分析，阿爾文與沈夜的神色瞬間變得很難看，倒是被人盯上性命的路卡依舊悠然地解釋道：「如果歐內特斯帝國此舉能夠成功，那艾爾頓帝國即使不滅國也必定大亂，瑪雅的伯爵之位自然就沒什麼用處了，因此她談及繼任儀式時才沒流露嚮往的態度。至於我說要娶她，只是想驗證一下這個猜測……剛剛我要瑪雅成爲我的皇后時，她可是一點都高興不起來呢！」

沈夜與阿爾文聞言也明白過來，瑪雅高興不起來的原因，還不是因爲她覺得路卡都快要死了，艾爾頓帝國也有滅國的可能，因此對成爲皇后一事也就完全提不起興趣了嘛！

也許瑪雅對此還很懊惱、掙扎，畢竟歐內特斯帝國許諾再多的好處給瑪雅，也比不上一國皇后之位啊！

「所以你不是眞的要娶她？」

路卡一臉狡猾地說道：「即使我想娶她也不可能啊，我想錫德里克家族的罪行很快便會被公諸於世吧？」

沈夜沉默片刻，道：「路卡……你是故意的吧？」

故意給瑪雅一個當皇后的希望，讓她的夢想變得觸手可及，可偏偏瑪雅卻得要親手打碎這個夢，想想還挺虐的。

不過這是瑪雅自己選的路，再怎麼辛苦，跪著也要把它走完啊！

得知路卡並非眞的要娶瑪雅後，阿爾文緊皺著的眉頭鬆了些，但還是不贊同地說道：「后位對瑪雅有著極大的吸引力，你就沒想過瑪雅貪戀權力，到時寧可背叛歐內特斯帝國也要與你結婚嗎？那你怎麼辦？」

路卡好笑地道：「能怎麼辦？當然是悔婚啊！還是那一句話，憑我們搜集得來的罪狀，已能讓瑪雅死千次萬次了，她又怎有資格做我們帝國的一國之母。」

沈夜一臉無言，不過想到瑪雅的狠毒，還是覺得這一切都是她自作自受。若不是她主動招惹路卡，而且還總想要害人，路卡也不會這麼對她。

見二人不再糾結於他的婚姻問題，路卡道：「瑪雅這麼在意繼任大典的各種細節……你們說，歐內特斯帝國會不會打算在繼任儀式上動手？」

阿爾文頷首：「很有可能。瑪雅身爲錫德里克家族的新任家主，國內所有的大人物都會出席她的繼任大典。這麼一個國家重要人物聚集一堂的場合，要是歐內特斯帝國不把握就是傻子了。」

路卡笑道：「嗯，我也是這麼想的。相信不久後，瑪雅便會想辦法探聽我們城堡的傳送陣，然後在傳送陣那裡做手腳了。」

沈夜聞言瞪大雙目：「城堡的傳送陣不是單向的嗎？」

路卡解釋：「設定傳送陣時是單向沒錯，不過有內鬼在傳送陣做手腳的話，也是可以做到一次性的逆向傳送，甚至能將傳送陣連接到指定的地點。只是這樣做的代價很大，而且改裝過的傳送陣，使用一次後便會報廢了。」

阿爾文一臉心疼地嘆了口氣，並補充道：「那可是傳送陣啊，每設定一個傳送陣都必須花費不少人力、物力與時間，而且還不一定成功。國內的傳送陣數量十根指頭便能數完，可見傳送陣有多珍貴。不過要是能利用那傳送陣迎頭重擊歐內特斯帝國，那還是很值得的。」

青年說完頓了頓，接著露出惡劣的笑容：「既然已經決定捨棄那個傳送陣，那不如把它的價值最大化。看樣子歐內特斯帝國想利用傳送陣直接殺入皇城，那我們倒不如也在傳送陣中做些手腳？」

路卡聞言也笑了：「正有此意。」

沈夜在旁聽著二人計畫如何挖坑給歐內特斯帝國，他對陰謀詭計並不太擅長，因此並沒有不懂裝懂地插嘴，只是在旁聽得津津有味。

當二人說到兵力的布署時，路卡便想起了那個應該與沈夜他們一起回國的男人。「對了，傑瑞米皇叔人呢？」

阿爾文道：「去聯絡他的舊部了，自從傳出他叛變後，他的心腹都隨同他一起離開國家，有些部下則辭去了軍職。皇叔正忙著集合他們，這些人將會是我們這次計畫中的一支奇兵。」

要知道當年這支軍隊，可是把歐內特斯帝國的士兵打得哭爹喊娘吶！

說到傑瑞米，沈夜便想到雙方分離時男人所說的話，立即興致勃勃地告知路卡：「對了路卡，傑瑞米還說會送一份禮物給我們！」

路卡訝異詢問：「禮物？是什麼東西？」

沈夜聳了聳肩：「不知道呢，問他他也不說，說要給我們一個驚喜，還說那是我們一定會喜歡的東西。」

□

結果過了兩天，沈夜他們收到了傑瑞米派人送來的禮物。

那份禮物，出乎眾人意料，竟然是個活生生的人！

被傑瑞米部下押來賢者府的人，沈夜一點都不陌生，正是那個在城堡裡試圖暗殺他、僞造叛國書信的侍女卡洛兒！

據那名押送卡洛兒的部下表示，他們能抓住卡洛兒全是巧合。在對沈夜的身分產生懷疑後，傑瑞米便讓留在艾爾頓帝國的內應進行調查，結果他們調查時卻湊巧得知卡洛兒與歐內特斯帝國士兵聯絡一事。

當時傑瑞米他們雖因叛國罪名而離開了艾爾頓帝國，可是仍然深深愛著這個養育他們的國家，得知歐內特斯帝國的士兵竟敢偷偷入侵艾爾頓邊境後，傑瑞米便派人前去打算順手把人宰了。

被傑瑞米派出去襲擊的全是他的心腹愛將，武力值絕不是尋常士兵可比，所以那些前來接應卡洛兒的歐內特斯帝國士兵，很快便被砍瓜切菜般地收拾了。反倒是那個有著一雙漂亮桃花眼、看起來嬌滴滴的少女卻是個狠角色，身手矯捷得不得了，而且還悍不畏死。最終他們以數名同伴受傷爲代價，才把卡洛兒捉住。

當時他們並不知道卡洛兒的身分，看她的身手又不像一般士兵，出現在艾爾頓帝國說不定是有什麼陰謀，因此傑瑞米便讓部下把人關押起來，並對她嚴刑逼供。

後來傑瑞米的部下終於撬開卡洛兒的嘴巴，知道了這名少女的間諜身分，於是傑瑞米便讓人把卡洛兒送過來，給沈夜他們當禮物了。

沈夜看著眼前神色憔悴的少女，她披頭散髮，臉色蒼白，也不知有多少天沒有洗澡，身上傳出陣陣酸臭味。雖然傑瑞米的部下應該曾對她嚴刑逼供，可是外表卻不見什麼傷痕。

少年卻不知道，有很多逼供的方法並不會在受刑者身上留有太明顯的傷口，也要不了人命，不然人死了就沒用處了。優秀的審問人員自有一套方法，會用最小的傷害帶來最大痛苦，以進行逼供。

沈夜不禁想起卡洛兒在城堡與康妮一起高興地朝自己走來的模樣。那時的卡洛兒溫柔可人，像大姊姊般很照顧康妮。他們三人還曾聚在一起，偷偷聊著賈瑞德的八卦……

原來一切都是假的，要不是沈夜親身經歷過卡洛兒的暗殺，他一定無法相信這個有著美好笑容的少女，會毫不猶豫地要殺死他、將事情嫁禍到康妮身上。

那時收拾房間的人理應是康妮，要是沈夜真被卡洛兒殺死，那康妮豈不成了戴罪羔羊、百口莫辯了嗎？

明明他們與她曾是那麼要好的朋友。

「小夜，你想要怎麼做？」阿爾文問。見到這個差點兒把沈夜殺死的女人，阿爾文感到很火大，只是並未對此多加意見，而是直接詢問沈夜的想法。

沈夜猶豫半晌，道：「帶她到路卡那吧？法律上該如何審判，就如何處理。」

阿爾文知道沈夜與這名侍女關係不錯，原本還擔心他會心軟，幸好少年雖然善良，可是卻不會當濫好人。

其實沈夜看著卡洛兒被押來時，有很多話想要問她。

沈夜想問她，以前在一起的快樂時光是不是都是假的。

想問她，爲什麼連康妮也不放過。

想問她，現在淪落至這種地步，她後悔嗎？

可是當沈夜注意到卡洛兒的眼神時，他知道這些問題已無須詢問了。

卡洛兒雖然非常狼狽，然而她的眼神卻完全沒有反省與懺悔，只充滿了狠毒、怨恨與不甘。

即使面對沈夜這個差點被自己殺死與陷害的當事人，卡洛兒也沒有表現出絲毫悔意。說不定卡洛兒還會覺得自己之所以會落得這種田地，只是因爲下手時不夠俐落、不夠狠辣而已，未曾想到自己做的事情是錯的。

看著對方的眼神，沈夜知道再說什麼都沒有意義。

他們各爲其主，就連彼此間的友誼都是假的，是因爲任務所需而營造出來的假象，卡洛兒一直懷著各種目的與他們來往。

她與康妮交好，大概也沒有多少眞心吧？

這樣的人，沈夜覺得已沒有與她交談的必要了，還交給法律去制裁吧。

□

抓到了卡洛兒，也算是了卻路卡與阿爾文的一樁心事。

雖然沈夜本人對抓捕卡洛兒一事並沒有太大執著，他認爲人既然跑了，抓不到也沒辦法。不過路卡與阿爾文卻耿耿於懷沈夜差點被殺一事，傑瑞米這份禮物，實在是再合他們心意不過了。

根據卡洛兒的口供，因爲她在艾爾頓帝國的地位不高，因此歐內特斯帝國派給她的任務也不多，故而她的忠心度雖比瑪雅高出許多，卻無法得知太多歐內特斯帝國的機密消息。

不過她因爲在城堡內工作，因此倒是有助她探聽城堡的各種機密，然後把消息傳遞回去。

同時卡洛兒也道出了幾名間諜的身分，其中便有即將繼承伯爵之位的瑪雅。至於其他幾名間諜，先前路卡對他們的身分只是有些懷疑，現在倒是能夠確定了。

還有另一個收穫，便是他們從卡洛兒口中得知，每個被派往艾爾頓帝國的間諜都被下了一道血脈魔咒，讓間諜及其後代的生死都掌握在歐內特斯帝國皇族的手裡，防止他們策反叛變。

阿爾文聽到這消息後，一臉嘲諷地說道：「也難怪瑪雅寧可捨棄皇后之位也要幫歐內特斯帝國，還以爲她有多忠心呢！」

歐內特斯帝國的血脈魔咒，並不是沈夜在小說中的設定。這也再次證實這個世界是如此眞實，小說所沒有提及的部分，在這個世界中會自動補齊。

然而在小說裡，歐內特斯帝國是採取更為溫和的方式，選擇以將瑪雅推上后座，來奪取艾爾頓帝國，現在卻變成歐內特斯帝國要瑪雅做內應，在傳送陣裡動手腳，放他們的軍隊進來，其中玄機就不得而知了。

也許是因為登上皇位的人變成比阿爾文更加名正言順的路卡；也許是對歐內特斯帝國來說，艾爾頓帝國的威脅變得比小說中更大了……總而言之，沈夜的介入，絕對是促成這種局面的原因之一。

也許很快他們便要面臨一場戰爭，可是沈夜卻不會為此感到懊惱。畢竟歐內特斯帝國與艾爾頓帝國不和，早已不是一朝一夕的事了。這場仗即使現在不打，將來還是有得打的。

與其一直讓歐內特斯帝國弄些小動作令他們防不勝防，倒不如藉這個機會好好教訓對方一頓。唯有將歐內特斯帝國打怕了，讓他們知道覬覦艾爾頓帝國是會被剁手的，他們才會不敢再向不屬於他們的東西伸手！

Chapter 3
繼任儀式

事情果然如路卡所預料，之後幾次，瑪雅藉著與路卡商討繼任大典時打探了不少典禮的細節，後來還得寸進尺地對城堡傳送陣的位置表現出好奇，卻又不直說出來，一副「不想爲路卡添亂怎麼辦寶寶好難受」的模樣。

路卡的表現也沒有讓瑪雅失望，身爲對瑪雅一往情深的裙下之臣，見到瑪雅這副明明很想看、卻爲了自己而強行壓抑著好奇心的可憐模樣後，路卡便色令智昏地帶她去傳送陣那裡看個過癮，還很合作地假借急事而匆匆離去，給足瑪雅對傳送陣動手腳的時間。

沈夜得知此事時，不禁笑得肚子痛。

這妹子還眞的往找死的道路一去不復返啊！

不出所料，瑪雅趁著那次難得的機會，在傳送陣動了手腳，將傳送陣改成逆向傳送的模式，讓歐內特斯帝國那邊可以經由這個傳送陣把軍隊傳送過來。

路卡得知此事後，便讓人在傳送陣裡添加了一些小玩意。

沈夜聽阿爾文說到這裡，立即好奇地詢問：「是什麼啊？」少年有預感，阿爾文口中的「小玩意」，一定會讓那些闖進來的歐內特斯帝國士兵雞飛狗跳一番。

「反正被人動了手腳後，那個傳送陣再使用一次就得報廢了，因此我們乾脆在那裡裝上了一枚火焰之環，那可是埃爾羅伊帝國最近研發的鍊金術成果喔！要不是我們與賈瑞德相熟，只怕花再多金幣也買不到呢！」阿爾文笑道：「裝上了火焰之環後，只要傳送陣被接通並感受到魔力波動，那個火焰之環便會……」說到這裡，阿爾文做出了一個「砰」的嘴型。

沈夜聞言大吃一驚：「它會爆炸？在城堡裡!?」

阿爾文安慰：「放心，爆炸範圍只會在連接兩個空間的空間通道裡，影響到城堡的威力並不會很大，但絕對能破壞掉傳送陣。我們設定火焰之環在傳送陣接通後三十秒才會爆炸，那時歐內特斯帝國的精兵應該大都還在空間通道裡。到時傳送陣被破壞，那些留在空間通道的人就只有死路一條，不費吹灰之力便能消滅大部分的敵方精兵！」

沈夜雙目一亮，覺得阿爾文他們還真的坑人不留情。炸掉傳送陣已經夠狡詐，還故意等啓動後三十秒、讓歐內特斯帝國大部分士兵進入空間通道後才爆炸。

實在太陰險了……不過他喜歡！

不是有句話是這樣說嗎：對待同伴要像春天般溫暖，對待敵人要像嚴冬一樣殘酷無情。

聽完阿爾文的解釋，沈夜知道他們各方面已準備好，便安心等待儀式到來的日子。

沈夜能在瑪雅的繼任儀式當天出席，是他自己強烈要求之下的結果。原本以路卡他們的想法，反正瑪雅那邊沒人知道沈夜已偷偷回國，那沈夜在事情結束前留在賢者府就好。

可是沈夜卻不願意，雖然他也覺得自己未必能幫上什麼忙，可是他有種莫名的預感，這次的事情是決定眾人命運的關鍵。

沈夜知道命運是有慣性的，就像一開始他明明帶著逃亡的小皇子避開了刺客，可是在各種巧合下，他們仍像原劇情那樣遇上了毛球一家。不過隨著時間流逝，似乎沈夜改變的事情愈多，命運的慣性力量便變得愈加薄弱。近來發生的事，大部分都偏離了小說的劇情。

但沈夜知道那股力量依然存在，因此他很擔心，就怕一時未覺，原本已走偏了的命運會再度返回它原本的軌道上。

沈夜有預感，只要這次成功抵擋歐內特斯帝國的進攻、甚至反過來回擊對方，便能眞正改變阿爾文他們的命運。

可以說，瑪雅的繼任大典不僅是艾爾頓帝國對歐內特斯帝國反擊的好機會，還是阿爾文他們離開命運岔口、確確實實走向新人生的關鍵。

這麼重要的日子，沈夜又怎能缺席呢？他身爲唯一不受這個世界命運所束縛的人，也許在某些重要時刻能幫到阿爾文他們。

阿爾文兩人自然不知沈夜的堅持背後還有著這些原因，不過既然對方執意要到現場，他們也不會阻攔。反正他們早已做好各種準備，有信心能好好保護少年。

甚至路卡還準備在揭發錫德里克家族眞面目的同時，順道爲沈夜與傑瑞米平反。要是沈夜親身在現場，效果會好很多，說不定還能替少年在那些大臣面前刷一刷聲望呢！

□

在波譎雲詭的情勢之下，終於來到了瑪雅繼任爵位的典禮當天。

因著瑪雅同時有「錫德里克家主」與「伯爵」的雙重光環，除了帝國中的貴族與大臣，所有在上層社會排得上號的人物也都很賞臉地出席了。

典禮舉行地點位於城堡的大禮堂，原本瑪雅完成儀式後，還必須親自前往她的封地任職。不過路卡已經發話了，因爲瑪雅年紀尚輕，加上錫德里克家族的主家只剩她一人，因此便破例讓她就任後繼續留在皇城，而封地則由錫德里克家族一名分家的年輕人代爲管理。

其實身世像瑪雅這樣的貴族不是沒有，有些人甚至未成年便繼任了爵位，但他們無一不是繼位後便直接前往封地，從不見路卡這麼體貼地將人留在皇城。

因此聽到這個消息時，一眾貴族都感受到路卡對瑪雅的特殊照顧。他們都猜測這次繼任大典不久後，瑪雅說不定會在城堡裡舉行另一場儀式呢。

皇后的加冕禮，也是在城堡舉行呢，而且比伯爵的繼任大典氣派得多了。

暫時還不適合露臉的沈夜，與伊凡兄妹倆被路卡安排在大禮堂二樓等候。沈夜看著樓下那人山人海、貴賓雲集的場面，覺得歐內特斯帝國眞太懂得挑選時機了，要是路卡他們沒有絲毫防備、讓對方的侵略計畫順利進行，那還眞是完美地把帝國高層一窩端了。

瑪雅的繼任大典十分隆重，出席賓客非富即貴，都盛裝打扮了一番，穿得非常光鮮。沈夜看過去，幾乎以爲自己來到了宴會場所。

儀式很快便開始，整個過程氣氛莊重無比。當路卡把象徵伯爵權力的權杖交給瑪雅時，眾人都覺得這對俊男美女的組合非常亮眼。現在人們已把瑪雅視爲未來的皇后了，每次她與路卡一同亮相時，眾人看他們的眼神都是充滿羨慕與欣慰。

甚至路卡還故意把錫德里克家族的人官階稍微升了一些，在他人眼中看來，更是路卡體貼未來皇后的表現。

沈夜曾對路卡這種故意抬高錫德里克家族的舉動表示擔憂，擔心路卡養虎爲患。然而路卡聽完後只是笑道：「反正錫德里克家族拿得出手的人物就只有艾尼賽斯，其他分家的人都只是些小官員，即使升了官階，也都不是能影響國情的重要位子。我們很快便會與錫德里克家族撕破臉皮，把他們捧得愈高，到時他們便跌得愈

慘。人民愈對瑪雅這位準皇后充滿期望，得知她的背叛後才會更加憤怒。」

沈夜看著路卡溫潤如玉的笑容，卻覺得背脊一涼。路卡是決意要讓錫德里克家族永不翻身了，不過這也怪不得他，哪個當權者能容得下這種謀害與背叛呢？

不過想來，瑪雅眞是可憐又可笑，現在人人都把她當皇后看，她應該快要鬱悶死了吧？

明明眼前有更爲光明的前景，可是偏偏因血脈魔咒的關係得替歐內特斯帝國賣命，只怕她都快憋悶得要吐血了，還要在眾人面前裝出一臉高興、接受大家祝福的模樣……

瑪雅接過路卡遞出的權杖時，看向對方的眼神充滿著情意綿綿的甜蜜。可是她此刻心裡應該正在滴血，被自己親手推開榮華富貴一事虐得死去活來吧？

最慘的不是虐，而是這些虐都是自找的！

深知瑪雅本性有多無情、多自私的沈夜，可一點都不會同情她。瑪雅變成今天這樣的下場，並不只是因爲受到魔咒的逼迫，更多的是她對權力的貪戀，又想著兩邊討好才會走到這一步。

沈夜敢打包票，瑪雅根本就不愛路卡，現在的鬱悶只是因爲無法得到皇后之位，與路卡本人沒有分毫關係。如果路卡只是一個無權無勢的普通人，她絕對不會投放絲毫目光在他身上。

要知道小說中的阿爾文揹負了很多悲劇，都是因瑪雅而起，而當時阿爾文是眞心愛著她，將她視爲生命中唯一的陽光。然而瑪雅竟然說背叛便背叛，絲毫不念舊情。

想到小說中阿爾文最終悲慘的下場，沈夜便氣不過來。雖然這麼想很壞，可是看到瑪雅自個兒折騰來折騰去、最終仍是竹籃打水一場空的模樣，沈夜還是看戲看得很爽。

沈夜正幸災樂禍時，冷不防地，瑪雅突然抬頭往他的方向看來，嚇得少年立即往後退，避開少女的視線。

雖然沈夜打算藉這次儀式洗清自己叛國的嫌疑，可現在絕不是現身的好時機，他的登場時刻還未到耶！

本以爲待在二樓，直至時機一到便可安然出場，誰想到瑪雅會突然往上面看。

希望她沒有注意到……

瑪雅疑惑地皺起了眉，剛剛她看到二樓人影一閃，雖然看不太清楚，可是那個人……好像是沈夜？

但這有可能嗎？現在沈夜應該正揹負著叛國的罪名，狼狽地四處潛逃才對。

儀式正在進行，瑪雅也不敢繼續走神，只得暫時把這件事丟到一旁。反正艾爾頓帝國就快要易主了，留在這裡的人一個也逃不了。要是沈夜在這裡才好呢，正好可以一併解決掉這個她看不順眼的少年。

瑪雅眼中閃過一絲陰狠。

儀式進行得很順利，正當路卡準備宣布瑪雅正式繼任伯爵之位時，突然一聲巨響打斷了儀式的進行。

賓客頓時一陣騷動，剛剛的巨響十分不尋常，何況還發生在守衛森嚴的城堡裡，就更讓人感到不安了。

出席儀式的都是有頭有臉的人，他們礙於儀態與身分，都不敢表現得過於驚恐失措，雖然心裡忐忑不安，仍是乖乖待在禮堂中，靜候著他們的頂頭上司——路卡的安排。

「陛下，我立刻帶人過去看看發生了什麼事，請陛下留在這裡稍候。」雖然阿爾文平時總是路卡、路卡地喊，可是在公眾場合還是表現出應有的恭敬，給足路卡面子。

路卡聞言，也露出一副對此事一無所知、憂心忡忡的模樣：「拜託你了，請多加小心。」

一些早已與路卡通氣、知道事情眞相的心腹大臣們彼此交換了一個眼神，隨即裝作不知情地上前向路卡詢問，實際則是將人護在中心位置。

一旁的瑪雅也裝出擔憂害怕的神情。在歐內特斯帝國軍隊成功佔領皇城以前，她並不打算揭露出間諜的身分，好爲自己留一條後路。

沈夜看著這些人的模樣，不禁第N次感慨：都是影帝啊！

權貴們看到路卡老神在在地待在禮堂，並未立即撤離，才總算沒那麼緊張了。要是情況眞的很嚴重，護衛們應該會立即護送皇帝陛下離開吧？現在路卡選擇留下，那就表示情況還未到失去控制的時候。何況陛下留在這裡，這裡的警備會是最森嚴的，留在這裡他們也能受到一些保障，比不知狀況地離開來得安全。

想到這裡，權貴們都安心靜待著阿爾文他們前往探察的結果，不少人放心後更反應過來，發現現在正是表現忠誠的好機會，立刻學那些心腹大臣一副慷慨就義的模樣，守在路卡身前。

愈來愈多權貴們團團圍住路卡，而那些知道內情的大臣們更是刻意分開路卡與瑪雅，因此原本站在路卡身旁的瑪雅，很快便被眾人擠到一邊去。

雖然眾權貴都視瑪雅爲未來的皇后，可是她一天沒嫁給路卡，頂多就是個新任伯爵，甚至繼任的儀式還因剛剛的巨響而打斷了！

那些權貴對瑪雅友善，都是想與少女攀點關係，可是要他們豁出性命保護……瑪雅還沒有這麼大的面子。

其實權貴們這麼做本來也很正常，然而這段時間路卡表現出想要娶瑪雅的意思後，瑪雅早已習慣人人捧著的生活，讓她有些飄飄然了。因此權貴們現在的舉動，無疑讓自視甚高的她像被人甩了一巴掌。

不過瑪雅深信艾爾頓帝國離戰敗不遠，畢竟是她親自在城堡的傳送陣動手腳，到時這些權貴即使不死，也將失去往日的權力與富貴。相反地，她身為歐內特斯帝國戰勝的大功臣，必定要讓這些人敬著、捧著！

瑪雅又想著，無論是哪個國家勝出，她的未來都不會差，因此便開始看不起這些權貴，也懶得再維持以往在人們面前溫柔善良的假象。現在權貴們的態度，更是讓瑪雅覺得被人赤裸裸地羞辱了，臉色頓時變得很難看。

「瑪雅，妳怎麼了，怎麼臉色那麼難看？是有什麼不滿意嗎？」說話的人，是總與瑪雅不對盤的總理大臣之女佩格。

佩格的提問，讓瑪雅頓時成了眾人注目的焦點。瑪雅心裡暗恨，卻還是反應迅速地收起臉上的不滿與輕蔑，嬌怯怯地說道：「怎會呢？我、我只是有點被嚇到而已……」

佩格性格素來火爆，要是瑪雅真正成為皇后，她也許還會敬畏著對方，可現在少女連伯爵稱號都還沒有，佩格可不會與她客氣。

只見佩格噗哧一聲笑了出來，滿臉嘲諷地挑了挑眉：「是嗎？是說妳這副無辜的嘴臉裝給誰看呢？每次都是這樣，我還什麼都沒做呢，妳就露出一副被我欺侮的表情，眞是令人噁心！」

總理大臣拉了拉佩格，免得女兒再說什麼難聽的話。佩格雖然中二了點，但還是會給父親面子，撇了撇嘴便不再說話。

沈夜從禮堂二樓看著這場小插曲，只覺得很有趣。都說權力讓人腐化，很多人獲得權力後便很難再保持平常心，偏偏瑪雅還未獲得實際權力，僅被人捧了一段時間便變得如此傲慢，還眞是給她三分顏色就開起染房來了。

瑪雅怎麼不想想，無論是成爲艾爾頓帝國皇后，還是歐內特斯帝國的大功臣，現在她所有的寄望都是依附在他人身上。要是對方過河拆橋，到時她就根本什麼都不是了，到底有什麼好驕傲的？

所以做人嘛，還是自身有實力勝過一切。

「瑪雅小姐，眞是不好意思了，小女不懂說話。」雖然在場都是有城府的人，尤其剛剛瑪雅那不滿的神色都放在臉上，不少人都看得出來，可是總理大臣還是不太想過於得罪這個將來不知是否會登上后位的女人。

瑪雅心裡狠狠罵了佩格一聲「賤人」，可表面上卻仍是一片溫柔大度地向總理大臣搖了搖首：「沒關係。」

瑪雅柔順的模樣怎麼看，都比咄咄逼人的佩格來得舒服，如果這些權貴只是在旁看戲，也許會覺得是佩格又不講理地欺負瑪雅了。可現在他們成了事主之一，親身感受到瑪雅的言行不一，對她的觀感實在怎麼都好不起來。

雖說這件事不至於扒掉瑪雅這朵僞白蓮的白色皮，但至少黑色的芯子露出來了一點。

瑪雅自己顯然也察覺到這點，雖然現在她已不太須要顧忌這些人的想法了，可是被佩格逼出眞面目還是讓她感到很不爽。

可即使瑪雅心裡再憤怒，也無法做什麼，只能在心裡想像一會兒城堡被攻破後，這些人——尤其是佩格——的慘烈下場，瑪雅憤鬱的心情才覺得痛快了些。

其實瑪雅除了在傳送陣動手腳，還讓城堡裡當下人的暗樁在眾人飲料中下了藥。歐內特斯帝國的士兵在搶奪資源時，一向姦淫擄掠、無惡不作，瑪雅心想佩格這賤人就只有容貌還算可取，到時那些士兵一定不會放過。雖然佩格的魔法天賦不錯，不過瑪雅可是親眼看著她喝下加了料的飲料，到時對方連魔力都使不出來，不就只能任由那些士兵擺布嗎？

要不是亞伯勒說過要抓活的，爲了省事，她說不定還會下一些見血封喉的毒藥，倒是便宜了佩格那個賤人了。不過也許對佩格來說，與其落在歐內特斯帝國士兵手上，也許死掉還比較幸福吧……

等等！那些藥應該差不多該生效了吧？

瑪雅略帶慌亂地看著眾人精神奕奕的模樣，大家哪有絲毫喝下毒藥的樣子！

爲什麼會這樣!?

是藥出了問題嗎？還是、還是有人察覺到我的計畫了？

饒是瑪雅再擅於掩飾，也不禁露出恐慌的神情。

沈夜看得暗暗好笑。他們一直監視著瑪雅的一舉一動，自然不會錯過對方讓人下藥的動作。

那些飲料的確被瑪雅加了迷藥，只是他們又添加進能解除迷藥藥效的解毒劑，那可是喬恩傳承記憶中的珍貴藥方呢！瑪雅的迷藥再強，也絕對發揮不了功效。

Chapter 4
賢者帥氣登場

時間回到稍早前，亞伯勒帶著他精挑細選的軍團，雄心滿滿地步入了傳送陣，並順利深入敵營，來到艾爾頓帝國的城堡裡。

設於城堡內的單向傳送陣，原本只作危急時逃亡之用，位置非常隱蔽。城堡鐘樓最上方有個隱藏樓層，傳送陣便在那裡，極少人知道，就連每天負責敲響大鐘的下人，也不知自己工作所在的上方，還有這麼一個傳送陣。

進入傳送陣時，即使狂妄自大如亞伯勒，也免不了有些緊張。因爲逆轉的傳送陣只能使用一次，他無法找人來試驗它的安全性。幸好身先士卒、踏入傳送陣的亞伯勒成功傳送了過去，並沒有出現任何意外。

鐘樓的空間雖然不算小，但要容納一整個軍團顯然不可能。亞伯勒等到一定數量的士兵傳送過來後，便先行一步離開，騰出空間給陸續傳送過來的士兵。

因爲路卡特意交代，今天在鐘樓附近巡邏的士兵都被支開了，所以亞伯勒等人從鐘樓出來時，「非常幸運」地沒有碰上艾爾頓帝國的士兵。

既然選擇深入敵陣，隨亞伯勒而來的士兵全是他千挑萬選、武藝高強的精兵。要不是傳送陣的傳送時間有限制，亞伯勒恨不得帶上所有士兵，而不是讓巴德帶著大軍留守邊境，準備隨時接應他。

這次的突襲，巴德曾多次自告奮勇，不希望亞伯勒親身犯險，然而亞伯勒卻仍堅持親自領軍。雖然當時巴德等大臣對此表現出強烈反對，可是這位喜怒無常的暴君就是「我不聽我不聽」，任性得不得了。

亞伯勒的性情有著常人難測的任性與瘋狂，特別叛逆又不惜命，決定的事便一路走到底，絕不回頭。

歐內特斯帝國內勢力錯綜複雜，不少人的權力可以與巴德相制衡，這種情況下，他受亞伯勒的命令得罪了不少勢力卻沒出事，最大的倚仗就是亞伯勒的寵信。因此，亞伯勒很放心地把權力暫時下放給巴德，畢竟爲了自身利益，對方必定會全力保全自己的性命。

然而，讓巴德帶著國家最精銳部隊前往艾爾頓帝國，又是另一種狀況了。

要是巴德成功殺掉艾爾頓帝國的皇室成員、佔領了艾爾頓皇城，他便奪得了主導權。到時要想讓巴德迎接他進城，說不定還有些麻煩，更別提對方直接佔城爲王的可能性。

種種考量下，亞伯勒便決定親自前來。反正艾爾頓帝國的人現在應該已喝下了迷藥，等著任人宰割。這件事籌劃已久，亞伯勒認爲根本沒有多大危險性，而且他憎恨艾爾頓帝國這顆擋路石已久，可不想把幹掉路卡這個難得的機會拱手讓人。

一想到能親手手刃路卡這個宿敵，亞伯勒作夢都可以笑醒。

四大帝國國力相當，如果能夠收服艾爾頓帝國，並將其納入歐內特斯帝國的版圖，他離征服世界還會遠嗎？

亞伯勒領著一眾精兵走下鐘樓，心裡滿是將要一統天下的野心，偏偏就在他認爲事情萬無一失時，竟突生了意外。

「轟隆」一聲巨響，位於鐘樓上方的傳送陣突然爆炸了！

雖然爆炸威力不算很大，至少不至於把整座鐘樓都炸沒，但還是有著一定的殺傷力。許多還待在傳送陣附近的士兵來不及反應，便在這場爆炸中失去了性命。

即使保得住性命，鐘樓裡仍有不少士兵受了傷，且鐘樓上層地板還被炸得塌陷了一個大洞，使這些受傷士兵直直往下墜，所以……又死了一批人。

鐘樓下方的亞伯勒等人聽到巨響，看到上方倒塌下來的磚石後，立即懵了。不過幸好爆炸響起、石磚落下來前還有些時間得以讓他們反應，因此率先離開的亞伯勒等人來得及做出防護，雖然有些人被掉下的碎石壓住了，但對於有鬥氣護身的武者來說，並未造成太大傷害。

只是當亞伯勒從碎石堆中爬出、發覺到發生了什麼事時，頓時瞋目切齒地吼道：「不！」

傳送陣竟然爆炸了，而與他一起前來攻打艾爾頓帝國的精兵，爆炸時大多仍留在傳送通道裡，成功傳送過來的士兵不到原先計畫的十分之一，更有不少人受到爆炸波及而死傷，亞伯勒氣得幾乎要吐血了！

出現突如其來的重大傷亡，也不知留在傳送通道裡的士兵狀況如何，雖然亞伯勒對一開始便折損大部分兵力心痛萬分，但還不知道自身的陰謀已被艾爾頓帝國知曉。傳送陣即使沒有爆炸也只能傳送一次，現在他人已在敵方地盤上，無論如何也只能硬著頭皮繼續行動。

亞伯勒非常慶幸，幸好自己有事先吩咐瑪雅在城堡的食物中下藥，不然以他們現在銳減的戰力，只怕不是他們剿滅艾爾頓帝國的皇室，而是他們被人殺個死無全屍了。

及時用鬥氣護身的士兵們自行搬開了磚塊，走出來後便攙扶起一些受了傷的同伴。亞伯勒看到這些士兵大都失去了戰力，便不耐煩地說道：「別再浪費時間了，把事情解決後再回來救人！」男人話說得好聽，卻不管事情結束後，被活埋的士兵還有沒有命在。

士兵們眼中閃過悲憤的神色，然而身為軍人，深入骨髓的服從性還是讓他們停下拯救同袍的動作，並列好隊伍準備隨時出動。

那些被救出、卻重傷失去戰鬥能力的士兵，現在只是累贅，亞伯勒自然不會帶著他們，隨口叫那些人自己找個地方躲好後，便毫不猶豫地領兵朝舉行儀式的大禮堂殺去。

至於這些重傷的士兵是否有躲起來的力氣，又或者萬一他們被人發現後有無自保的能力，就不是亞伯勒在意的事了。

因為戰力大減，亞伯勒迅速想著接下來的行動會不會有所紕漏。按原來計畫，間諜在城堡的食物下藥、讓城堡陷入癱瘓，他們算準時間傳送過來，到時這裡的人便任他們宰割。

原本亞伯勒帶來的精兵數量便足以佔領皇城，到時只要釋出艾爾頓皇族全滅的消息，國家便會大亂，而在邊境的大軍也會同時攻入艾爾頓帝國，接回他們的皇帝亞伯勒。

但現在因為傳送陣莫名其妙爆炸了，不僅使他們兵力受損，人數不足之下，他們接下來的行動將會充滿不確定性。也許可以先廢掉路卡，留下他的性命用以要脅艾爾頓帝國的軍隊……

只要能把艾爾頓帝國弄得陣腳大亂、投鼠忌器，到時巴德的邊境大軍要攻進來，即使無法攻佔艾爾頓帝國，應該也能靠挾持路卡獲得不少好處……吧？

唉，要不是傳送陣突然爆炸，他就不用這麼頭痛了，還真是出師不利……

此時的亞伯勒仍未察覺傳送陣是有人故意讓它爆炸，以為是經過調改的傳送陣出了問題才導致意外，還暗暗恨上了瑪雅，甚至猜疑是不是對方故意為之。

灰頭土臉的亞伯勒一面心裡猜測瑪雅到底與這次爆炸有無關係，一面匆忙離開現場，卻與趕來鐘樓查看的阿爾文一行人遇上了！

爲什麼!?他們不是應該已經中了迷藥、無法動彈嗎？

亞伯勒臉上浮現出大大的「臥槽」二字，簡直要抓狂了。明明計畫得天衣無縫，怎麼卻接二連三地出意外？

可現在不是震驚的時候，因爲阿爾文已經殺了過來，短兵相接間，亞伯勒這方的陣形頓時被衝散。

歐內特斯帝國的人全是精兵，阿爾文帶來的人也都是精銳。然而亞伯勒他們受到突襲，在氣勢上便已經輸了，多番交戰下，差點就被阿爾文他們打得潰不成軍，過一會兒便只能苦苦撐著。

「果然歐內特斯帝國的人混進來了！瑪雅說的沒錯！」阿爾文在對敵之際，還不忘向瑪雅潑髒水。

竟然妄圖利用路卡，還想嫁給他當皇后，她也配!?

不只艾爾頓帝國，我要讓她連在歐內特斯帝國那邊也受人鄙夷！

就讓他們去狗咬狗吧！誰對我家弟弟出手，我也不會讓他好過！

以上是睚眥必報的阿爾文殿下的腦內活動……

計畫接連出問題，而阿爾文還道出了瑪雅的名字，顯然早已知道對方是他們這邊派來的間諜，亞伯勒聽在耳裡，自然立即聯想到瑪雅已與艾爾頓帝國暗中連手，狠狠陰了他們一把。

「那個賤人！我不會放過她的！」亞伯勒腸子都悔青了。他明明知道那個女人野心很大，一直不服被歐內特斯帝國管束，可他以爲用血脈魔咒能使對方聽話，想不到……爲了能當上皇后，她竟然連命也不要了嗎!?

很好，我成全她！現在作戰中我騰不出手，要是讓我安全回國，我立即便催動魔咒，絕不讓她活命！

可憐的瑪雅還在作著榮華富貴的美夢，卻不知道無論是艾爾頓，還是歐內特斯，都沒有她的歸處了。

亞伯勒眼見艾爾頓帝國那邊顯然早有預備，便知道事不可爲。現在他們唯一的活路便是抓住路卡，挾持他作爲脫身籌碼了！

亞伯勒先捏碎一枚魔法水晶，這水晶他與巴德一人一枚，當亞伯勒這一枚破壞時，巴德那枚也會隨之破碎。這是亞伯勒早和巴德說好的暗號，要是他在艾爾頓帝國的行動出了意外，他便會捏碎水晶，在邊境待命的巴德一旦收到暗號，須立即帶領大軍壓迫對方，盡全力救出身陷艾爾頓帝國境內的亞伯勒。

原本這枚水晶只是作爲一層保險，亞伯勒並沒有預料到才剛踏入艾爾頓帝國，便要出動巴德這張底牌。

然而面對惡劣的狀況，反倒勾起了亞伯勒心底的瘋狂與戰意。這個男人殘暴、好戰、喜好殺戮，在成爲皇帝以前，曾是歐內特斯帝國軍隊中最銳利的一把刀刃。

當年貴爲皇子的亞伯勒之所以親身前往戰場領兵，並不是爲了賺取軍功，也不是爲了守護國家，只是單純地喜歡戰場血腥的環境，享受死者死前的慘叫，以及殺傷敵人的樂趣。

亞伯勒登上皇位後，好戰的天性依然沒變，每次攻打其他國家都會親自領兵出戰，直至與艾爾頓帝國相鬥多年分不出勝負，不得不簽下停戰協議爲止。這協議就像套牢猛獸的鐵鏈，讓亞伯勒不得不收斂自己好戰嗜血的本性。

現在重返戰場，亞伯勒頓時覺得全身血液都在沸騰，體內的猛獸叫囂著要將敵人撕裂碾碎！

雖然亞伯勒恨不得立即與阿爾文大戰一場，可是最終還是理智佔了上風。要是在以前，也許殺紅了眼的亞伯勒會不管不顧地沉醉在殺戮快感中；可是多年的停戰還是對他產生了影響，使他的自律能力大大提升不少。

於是亞伯勒捏碎魔法水晶、非常惋惜地看了阿爾文一眼後，便不再戀戰。他從空間戒指裡取出一張魔法卷軸，臉上掛著瘋狂的笑容，狠狠地將它撕破！

一陣炙熱的大火以亞伯勒為中心，瞬間席捲全場、吞沒所有人。這大火沒有對歐內特斯帝國的士兵造成任何傷害，可是對其他人來說，卻是殺傷力強大的大殺招。

面對亞伯勒突如其來的大招，阿爾文等人並沒有感到太意外，畢竟亞伯勒身為一國之君，身上一定有著不少保命的東西。

早有防備的阿爾文等人迅速退開，倒是沒有人因此傷亡。不過這一擊卻讓亞伯勒等人找到機會逃走，只留下一半的兵力阻擋著阿爾文他們的追擊。

這些留下來的士兵拿著一堆魔法卷軸，手中的卷軸像是不要錢般地撕啊撕，讓阿爾文他們一時間被敵軍纏得脫不了身，亞伯勒等人成功逃離了追捕。

□

擺脫了阿爾文的糾纏，亞伯勒等人朝舉行繼任儀式的大禮堂走去。原本亞伯勒還擔憂瑪雅既已叛變，那麼路卡他們會不會轉移了儀式地點，或者這個繼任儀式根本就是假的。

所以當他看到一眾艾爾頓帝國權貴、連同路卡在內的人都還在禮堂時，不禁鬆了口氣。

同時他心裡也對瑪雅的背叛生出了疑問，但這個想法才剛生起，便很快被他自己無視了。反正這女人已經沒有利用價值，事成後把人解決就好，也不用費心力去追究對方是否真的背叛。

亞伯勒等人進入大禮堂時，立即便被緊張觀望四周動向的權貴們發現了。雖然這些人大多認不出這位多年沒有來往的敵國皇帝，可是看到穿著有別於艾爾頓帝國士兵的戰甲、來勢洶洶衝進來的亞伯勒等人，立即猜出對方來者不善。

站在外圍的貴族慌忙使出魔法攻擊。一般平民就算傾家蕩產也未必能修習的魔法，卻是貴族們的必修課程。對於大部分貴族來說，相較於鬥氣那種明刀明槍、身處前線互斬才能派上用場的能力，站在原地優雅攻擊的魔法更受他們喜愛。

因此在場的權貴實力再差也仍是初階魔法師，不過大都是用藥劑強行提升出來的階位，實戰經驗皆為零，面對危難時的實力……說多了都是淚。

貴族們學習的魔法五花八門、什麼都有，五光十色的魔法光芒看起來非常璀璨。可惜聲光效果是有了，威力卻實在不怎麼樣。

尤其在皇城養尊處優的他們沒受過戰鬥訓練，出手沒有章法，都挑著自身擅長或威力最大的魔法使用，完全沒有團體合作的概念。不少屬性相剋的魔法都在半空中互相抵銷，真正能對敵人發揮全力的攻擊並不多。

對於這兒戲般的攻擊，亞伯勒及一眾精兵們根本不放在眼裡，運起鬥氣後便揮劍，刷刷刷地擊散這些迎面而來的魔法攻擊。

眾權貴眼看他們的攻擊別說傷害敵人了，就連對方腳步也無法阻擋分毫後，頓時心裡大驚、心生退意。只是大禮堂的出入口都已被敵人封鎖，他們根本無法離開。

認知到自己的攻擊只是徒勞無功，權貴們只得訕訕地收了手，想到他們不久前還妄圖在路卡面前刷英勇值，想不到結果卻是這麼不堪一擊，簡直就是被啪啪啪地打臉……

不過忠心度應該還算是不錯……吧？

權貴們一面欲哭無淚地自我安慰，一面緊緊把路卡護在背後，此時他們的行爲卻不是想要藉此來換取什麼好處了。

畢竟他們的攻擊在敵軍面前根本完全不夠看，對方也不會對他們手下留情，失去性命便什麼都沒有了，還故意在路卡面前刷存在感做什麼？

他們之所以願意護著路卡，是因爲這些權貴心裡很清楚，有路卡才有艾爾頓帝國。要是失去了君主，那麼帝國就只有分裂一途！

雖然這些貴族之中，有很多人是依靠世襲的爵位、無所事事地生活著的貴族，但身爲貴族的傲骨還是有的，在帝國面對存亡關鍵之際，他們仍願意站出來。

即使他們的犧牲不一定影響得了結局，但死在君主之前的勇氣他們依然擁有。

沈夜在禮堂二樓關注著事情進展，看到權貴們的反應後不禁感到十分震撼。他在現代社會長大，實在理解不了這個世界那種忠君愛國、爲了效忠的君主可以豁出性命的思想與執著。老實說，在他成長的地方，作夢都想要殺掉自家老闆的人倒是不少……

然而不明白是一回事，卻沒有減少沈夜對這些權貴的敬佩。沒有人會討厭忠誠的人，即使像亞伯勒這種行事狂妄無忌的人，還是喜愛忠誠的手下，較願意重用這些人。因爲這代表著這些人「安全」，背叛的可能性較低。

「該我們出手了，不然只怕這些人便要死光啦。」沈夜向身旁的伊凡與賽婭說道。他們三人留在這裡是有任務在身，就是在歐內特斯帝國的士兵闖進來之際，他便要拿出魔法卷軸來力挽狂瀾。

至於這些強大的魔法卷軸哪來的？

當然是賽婭的師父——布倫丹法師的友情提供。

不得不說，布倫丹雖然性格古怪、不太好相處，可是他對賽婭這個徒弟真的好得沒話說。只要賽婭開口，再好的東西他眼睛眨也不眨地都給她，不過賽婭鮮少向布倫丹要求什麼就是了。

要不是這次事關重大，以賽婭自強獨立的性格，是絕不會主動開口向布倫丹要這些卷軸。

只能說賽婭就是太乖巧老實了，明明有這麼好的後台也不懂得善加利用。不過反過來說，要是賽婭是個會仗著布倫丹徒弟的身分作威作福的人，也許就無法獲得布倫丹的另眼相看了。

原本沈夜早已預想好自己的出場方式，當敵軍殺進來時，他便會在危急關頭現身，並利用魔法卷軸拯救眾權貴於水深火熱中，接著在眾人感恩戴德之際再道破瑪雅的間諜身分，用路卡查出來的東西啪啪啪地打臉後，順道澄清自己的清白。

可是計畫趕不上變化，他不懂爲什麼那些歐內特斯帝國的人剛闖進來便立即開打，情況瞬間便跳到了危急關頭啊？

說好的壞人總死於話多呢!?

於是爲了眾權貴的小命，沈夜只得匆匆忙忙地提早出場。

伊凡看著少年轉身跑向樓梯，皺起眉頭道：「太慢了。」

說罷，伊凡便抱起沈夜往下跳，賽婭見狀也很有默契地跟著跳了下去，並在落地瞬間使出魔法，緩減了三人下墜的速度。

這個從天而降的出場方式，理應比跑樓梯霸氣得多，可惜有些怕高的沈夜卻被伊凡的舉動嚇了一跳，結果場面便變成少年緊抱住伊凡脖子「啊啊啊啊——」地慘叫著從天而降。

路卡：「……」

一眾權貴：「……」

歐內特斯帝國眾人：「……」

當沈夜腳踏實地後，須要重拾的不只是他的安全感，還有他的羞恥心。

都想找個洞把自己埋起來了啊！

原本沈夜連自己帥氣出場後、霸氣外露的出場台詞都想好了，現在變成奇怪的出場方式，少年頓時腦袋卡住。

沈夜一時間不知該做出什麼反應，已經騎虎難下的情況下只得乾巴巴地繼續扮演著原定的救世主角色：「住手！你們這些歐內特斯帝國的人眞是太大膽了，竟然潛入城堡試圖刺殺路卡陛下，我們艾爾頓帝國絕不是讓你們說來便來、說走便走的地方！既然連亞伯勒陛下也親自來了，那很好，你們就永遠留下吧！」

敵我雙方此刻都不知道該給少年什麼反應才好，剛剛看著他「啊啊啊」地慘叫著出場，現在無論對方台詞說得多霸氣還是很想笑啊，感覺超尷尬的！

一時間，誰都沒有說話，大家大眼瞪小眼，氣氛只有尷尬二字可以形容。

Chapter 5
錫德里克家族的罪行

結果讓沈夜擺脫這個尷尬狀況的人，卻是害得他要逃離帝國的瑪雅。

當瑪雅看著沈夜從天而降時，整個人都懵了。但畢竟她剛剛看到了在二樓的沈夜，雖然不確定是否爲對方，但心裡多少有了準備，因此很快便反應過來，並立即做出了對自己最有利的舉動，就是又往沈夜身上潑一盆污水！

「賢、賢者大人？竟然是你把歐內特斯帝國的士兵引進來的？我原本還一直很相信賢者大人，想不到你眞的與歐內特斯帝國勾結，還做出這種喪心病狂的事！路卡陛下對你那麼好，你怎麼忍心……」說到這裡，瑪雅已泣不成聲，充分演繹出一個深愛著路卡、因對方被信任的人傷害而心痛的有情人。

看著瑪雅的舉動，亞伯勒嘲諷地勾起了嘴角。

這個女人，到了這種時候還想著要兩邊討好嗎？

只怕不到最後一刻，她不會明確表示自己站哪邊吧？

不過對於瑪雅誣陷沈夜的舉動，亞伯勒還是覺得很有趣，想看看他們怎麼狗咬狗，因此就心情很好地沒有拆瑪雅的台。

同樣認出沈夜的眾權貴，在聽到瑪雅的話後立即從他身邊退開，就怕叛國的少年會對自己出手，又或者被人誤以爲是沈夜的同伴，與叛國的罪人相提並論。

尤其見到原本完全不想與路卡他們廢話、一進入禮堂便立即出手攻擊的亞伯勒，在沈夜現身後停止了進攻，簡直一副深怕誤傷沈夜似的模樣，看起來就更容易讓人誤會他們是一伙的了。

結果前來救人的沈夜，才剛現身便與伊凡、賽婭一起被人孤立，三人孤零零地站在歐內特斯與艾爾頓兩方人馬中間，彷彿被世界遺棄一般。

可惜亞伯勒期待的鬧劇註定演不下去，因爲沈夜手上早已掌握了瑪雅通敵叛國的證據。少年並沒打算多說什麼，從空間戒指取出這些資料後，便很帥氣地拋給了最靠近他的一名貴族……可惜此時那些人都離他這個叛國者遠遠的，沈夜又力氣不夠，資料還未拋至那貴族面前，便「啪嗒」地落地了。

爲什麼想要耍帥那麼難？

心好累！

「……快點把它撿起來啊！這可是重要的資料。」沈夜與那名貴族大眼瞪小眼好一會兒，仍不見對方有什麼動作，忍不住出言催促對方。

只是那名貴族一點都不想從通緝犯手上接過任何東西啊！不過現在那份資料可憐兮兮地躺在地上，再想到剛剛少年耍酷地拋出資料的模樣，那名貴族覺得再讓這份資料留在地上的話，氣氛實在太尷尬了。

爲了打破這詭異的氣氛，這名貴族最終還是上前撿起了地上的資料。沈夜見狀，暗暗鬆了口氣，要是這人堅持不動，他還眞不知道該怎麼辦。

自己才剛把資料拋出去卻中途落地，要是對方最後不肯動，還要自己親自上前撿起來的話，實在太惡搞了……明明先前已想好如何帥氣地回歸、給眾人一個震撼的印象，怎麼眞正實行起來卻頻頻出意外呢？

現在相信是足夠震撼了，但卻是惡搞向的，爲什麼會這樣QAQ

這絕對是人生的黑歷史啊！

果然耍帥什麼的，我完全是業務不純熟，以後再也不這麼做了！

就在沈夜臉上強裝淡然，可是內心卻刷著長長的一串吶喊，通紅的耳朵也顯示出他內心絕不如外表鎮定的同時，那位貴族撿起資料後便想要呈給路卡，然而眼睛好奇掃過上方文字時，立即被上面的資訊驚到！

「這、這是！」

眾人看到貴族只是掃了資料一眼，目光便像是黏在資料上般再也移不開，於是不禁對資料的內容好奇萬分，而一些權貴更是提醒道：「你在做什麼呢，還不快把資料呈給陛下看？」

那名貴族連忙回神，神情複雜地看了瑪雅一眼後，便依言將資料呈給路卡。

貴族那一眼讓瑪雅生出了不祥的預感。她在歐內特斯帝國士兵闖進來時，為了避免被誤傷而與眾人保持了距離，現在見狀，更是再往旁退開了些，甚至緩緩地靠向歐內特斯帝國的人。

不得不說瑪雅的第六感很準，當路卡裝模作樣地大略翻閱了手上的資料後，便震怒地質問她：「瑪雅……妳！不，應該說你們錫德里克家族，原來都是歐內特斯帝國派來的間諜!?」

因為早就說好讓沈夜好好表現，以此為契機清洗冤情，因此那些已經知道錫德里克家族真面目的大臣們，也與其他人做出同樣震驚的表情。

一些與路卡站得較近、看得到資料內容的權貴，看向瑪雅的眼神充滿了不善。

沈夜提交的這份資料裡涉及不少重大懸案，這些案件在帝國高層的心中仍記憶猶新。

如果資料屬實，那麼錫德里克家族的罪過就大了。

資料內容條理分明，而且非常詳細，其中很多都與眾人所知的懸案對得上號，要查出資料真僞並不困難，沈夜也根本犯不著拿出這樣的資料來說謊。

眾人看到沈夜理直氣壯的模樣，再看向瑪雅雖力裝鎮定、卻仍止不住驚慌的神情，又發現少女明顯與他們拉開距離的舉動，眾權貴心裡的天秤已經偏向了沈夜。

沈夜乘勝追擊，加重了語氣說道：「其實路卡早已發現帝國貴族有內鬼，這間諜還有著舉足輕重的地位。爲免打草驚蛇，因此路卡這些年來只能暗中調查、不對大家公開……現在我也不怕告訴大家，傑瑞米親王雖然表面上是叛國的罪人，可是他卻是應路卡的要求，爲了帝國才假意接受歐內特斯帝國的招攬，其實傑瑞米親王一直在尋找混入我國的間諜到底是誰。」

聽到這裡，不少人立即聯想到既然傑瑞米沒有叛國，那麼當初沈夜隱瞞傑瑞米的行蹤、投靠了歐內特斯帝國的指控，自然是不成立了。

果然，眾人念頭才剛生起，便聽沈夜續道：「我從路卡口中知道了傑瑞米親王的『叛國』眞相，因此得知他的行蹤後便爲他隱瞞，想不到卻讓大家誤會了。至於我爲什麼要逃走……那是因爲歐內特斯帝國派出殺手暗殺我，那名殺手是在城堡當侍女的卡洛兒。卡洛兒是個擅長模仿筆跡的高手，她原本打算殺死我後，營造我自殺的假象，並僞造通敵文件，只是被我在危急關頭逃脫了。後來她逃離了帝國，正好被傑瑞米親王抓捕，現正關在牢獄中。」

沈夜的一番解說結束後，路卡嘆了口氣，道：「我眞是無法置信，雖然是我讓皇叔去調查、也早已有預感那間諜的身分必定不尋常，但我實在猜不到竟然是錫德里克家族。瑪雅，妳……」

路卡說到這裡，痛心疾首地看了瑪雅一眼後，便彷彿不堪內心痛楚般地移開了視線。

眾權貴擔憂地看了看路卡，又痛恨地瞪了瞪瑪雅。現在哪還有什麼疑問？他們可憐的、情感豐富又感性的皇帝陛下，顯然被這個邪惡的敵國間諜玩弄了感情！

沈夜嘴角微不可見地抽了下。路卡這僞裝難過的舉動哪是情深，哪是痛苦？他根本是在洗白自己啊！

路卡這段時間與瑪雅周旋，其實只是爲了麻痺對手、引歐內特斯帝國上鉤而已。雖然戰場上談不上手段卑不卑鄙，勝負才至關重要，可路卡畢竟身爲一國之君，看在他人眼裡還是免不了給人一種城府深沉的感覺，有些人甚至還會覺得他在玩弄瑪雅的感情。雖然這些閒言閒語動搖不了路卡什麼，但還是有些負面影響。

因此沈夜的說詞再加上路卡一無所知的反應，成功讓路卡這個勾引瑪雅上鉤的罪魁禍首，變成了被情人辜負的可憐人。

不只路卡，就連眞通敵、只差沒賣國的傑瑞米，以及隱瞞了傑瑞米行蹤卻不是因爲對方是間諜的沈夜，都一併被洗白了！

想到路卡教給他這種說詞、要他好好表現一番時的模樣，沈夜覺得青年要是身爲敵人的話，實在太可怕了，然而身爲同伴，卻讓人感到非常安心呢！

瑪雅承受著權貴們冰冷的視線，知道現在自己再說什麼已不會有人相信。不過她也無所謂，既然亞伯勒成功被傳送過來，就絕不會放過路卡他們。這些人的責難與恨意對她來說根本不痛不癢，只是一些喪家之犬在亂吠而已。

想到這裡，少女更是直接跑到亞伯勒身邊，在兩方人馬面前明確地選邊站了。此時意氣風發的她並沒有注意到，亞伯勒身後的精兵數目並不多，遠不及能拿下皇城的人數。

亞伯勒有點可惜瑪雅這麼快便被識破，他在少女誣陷沈夜時原本還期待能看場好戲，想不到卻是雷聲大雨點小。

明明現在傳送陣已被毀、失去了大部分戰力，抓住路卡當人質是亞伯勒他們唯一的出路，照理說，闖進來後應該要什麼都不管、立即抓住對方皇帝才對。然而相較於正事，亞伯勒卻更加關心有沒有好戲可看，不得不說這個男人真是個任性可怕的瘋子。

既然這齣戲已經落幕，亞伯勒也不再客氣，他露出嗜血的笑容，舉掌一揮，早已蓄勢待發的歐內特斯帝國士兵便立即朝艾爾頓眾人衝去！

此時大禮堂二樓卻躍下許多蒙面刺客，他們正是負責保護路卡的暗衛。路卡既然早已知曉歐內特斯帝國的陰謀，又豈會沒有做準備呢？

這些暗衛紛紛落在路卡身邊，守護他的安全，而權貴們即使知道自己的攻擊沒什麼效果，也還是使出自己最擅長、威力最強大的魔法擊向敵人。

就在雙方短兵相接之際，一道雷電組成的牆登時豎立在雙方之間，那是由雷電之力形成的強大結界。雙方人馬看著眼前張牙舞爪的閃電，頓時止住前進的步伐。這道結界顯然挾著強大的攻擊力，貿然接觸絕對不智。

貴族們使出的眾多魔法打在結界上，並直直穿過、擊向了歐內特斯帝國眾士兵那方。亞伯勒對這些外表華麗、威力卻說不上強的魔法並不在意，漫不經心地揮劍，化解敵方的攻擊。

亞伯勒攻勢不止，隨即手一甩便把長劍往結界斬去。只見劍上鬥氣迅速被雷電所吞噬，這結界竟還因此強大了幾分！

亞伯勒反應很快，虛斬一下後看到形勢不對，便立即止住了去勢，不然這一劍要真是實斬在結界上，也不知會發生什麼事。

一時之間歐內特斯帝國那方都被這個結界困住，試了幾個方法都拿它沒轍。於是亞伯勒便出言相激：「路卡，你以為躲在這烏龜殼裡就安全了嗎？結界總有被我們打破的時候！」

沈夜身爲撕破魔法卷軸、釋出這道結界的始作俑者，露出狡黠的笑容道：「這就不勞亞伯勒陛下你費心了，我這張魔法卷軸是由我國傳奇法師、魔法師公會會長布倫丹閣下所贈予，你們就算打個三天三夜也未必能打破吶。我們不急的，倒是亞伯勒陛下你們有那麼多時間可以耗在這裡嗎？」

聽到沈夜這番話，歐內特斯帝國的人都快被他氣死了，艾爾頓帝國的眾人聞言卻不禁感到驚訝。沈夜不愛出席上層社會的交際場合，各種宴會也鮮少現身，因此這裡的人雖然都認識少年，但其實眞正與他熟絡的人卻不多。

即使與沈夜相熟，如鍊金術大師鮑伯、農務官查理士等人，大多數時候都是與他談論公事，因此在這些人眼中，沈夜一直是個容易相處、脾氣很好的少年。

現在難得聽到沈夜這樣用言語挑釁，權貴們都覺得新奇得很，只覺得將亞伯勒氣得青筋直露的沈夜實在怎麼看怎麼可愛，充滿活力才像年輕人嘛！

亞伯勒一直都是被人敬畏的存在，沈夜的態度顯然激怒了他，他聞言後僅冷笑了聲：「能不能打破結界，可不是由你說的算。」

說罷，亞伯勒一聲令下，歐內特斯帝國的士兵便開始往結界攻去。原本眾權貴還膽戰心驚地看著那道雷電結界，深怕它不給力、被敵人攻破。然而看到結界不僅沒有被破壞，反而還吸收了鬥氣、變得更加結實，眾人這才安心下來，甚至還有了看對方笑話的心情。

沈夜見狀忍不住吁了口氣，這次涉及帝國的安危，布倫丹給出這張魔法卷軸可謂下了血本。據賽婭所說，這張卷軸是布倫丹所擁有、防禦能力最強大的一張，果然貨真價實！

亞伯勒眼看自家士兵真的如沈夜所說，在短時間內根本破壞不了這道結界，不禁急了。那麼難得的機會，他們就只能撤退嗎？

加上路卡顯然對這次突襲早有準備，先前亞伯勒還想得很美好，打不過便跑嘛，反正他早就讓巴德在邊境組織好大軍，準備隨時進軍艾爾頓帝國。屆時艾爾頓這邊未有防備，還不被他們打得落花流水？

可是自從他捏破魔法水晶到現在，都沒有收到任何巴德傳來的消息，也不見艾爾頓帝國這邊收到任何邊境告急的通報。亞伯勒開始擔心，路卡他們會不會在邊境也有所防備？

一直沉默觀看事態發展的瑪雅，現在也有些慌了。不久前她才自信滿滿地選邊站，以為亞伯勒這方是贏定了，誰知這才沒多久，形勢卻已逆轉!?

要是歐內特斯帝國這次行動失敗，她也一定沒有好果子吃。即使她順利跟著亞伯勒回到歐內特斯帝國，不用受到艾爾頓帝國的制裁，但這麼灰頭土臉地回去，亞伯勒一定不會記得她的功勞，甚至還會遷怒於她，到時日子就難過了。

此時瑪雅還不知道，歐內特斯帝國派出的戰力大都已折損在傳送陣中，她著急的同時，心裡還在怒罵著亞伯勒只帶了這麼少人過來，認為對方既自傲又愚蠢，同時也開始後悔自己太早選邊，但更恨逼得她不得不表態的沈夜！

沈夜不僅曾勸諫路卡不要娶她為皇后，剛剛還公開了她的罪狀，就連阻擋歐內特斯帝國軍隊的魔法卷軸也是他帶來的。這個少年簡直就是她的剋星，只要碰上他，準沒好事。

輸給沈夜，瑪雅無論如何也不服。在瑪雅眼中，沈夜的成功只是因為運氣好，因為他在路卡與阿爾文小時候便成功巴結上他們，有了他們的幫忙，沈夜才能在艾爾頓帝國這麼迅速地站穩陣腳。

後來每次出了什麼事，都是因為有人在旁幫忙，他才能安然度過。瑪雅認為要是自己有沈夜的後台與人脈，一定做得比對方更好、更有資格站在比少年更高的位子！

瑪雅嫉妒沈夜、憎恨沈夜，也一直認為自己樣樣比沈夜好，所缺的只是對方的好運氣，完全將對方對國家的貢獻，以及一直以來的努力都選擇性地遺忘了。

沈夜看著瑪雅充滿控訴與怨恨的眼神，覺得這女人真的有病。怎麼到了這種地步，她還能把所有錯誤推在他人身上，完全不反省自己做過什麼錯事。

沈夜看了一眼瑪雅那彷彿淬了毒的眼神後，便移開視線不再看她。少年表示食人花的思緒他不懂，也不想了解。

Chapter 6
邊境戰爭

此時亞伯勒殷殷期盼的巴德，正陷入一場意想不到的苦戰之中。

當巴德察覺到魔法水晶破碎時，立即知道事情有變。亞伯勒才剛進入傳送陣不久，不可能這麼短時間內便完成行動。對方這麼快便捏碎水晶要求他出兵進攻，顯然是發生了意外，急需巴德攻打艾爾頓帝國來轉移敵人注意，又或者製造一枚談判的籌碼。

無論亞伯勒那邊發生了怎樣的意外，巴德這邊的動作都要搶快，於是他立即帶領早已集結在邊境的大軍，朝艾爾頓帝國行進。

艾爾頓帝國的邊境城鎮巴塞洛繆首當其衝。其實早在歐內特斯帝國的軍隊快接近邊境時，巴塞洛繆的城主伊諾克便已察覺對方的意圖，並立即將消息傳至皇城。

一開始，歐內特斯帝國的軍隊僅集結在邊境，完全沒做出任何出格的事，彷彿只是在郊遊一般，自顧自地在自家領土內活動，並未踏足艾爾頓帝國的領土，也沒有任何挑釁行爲。

因此伊諾克雖覺得他國軍隊出現在邊境實在很不尋常，可是礙於停戰協議，他根本沒有理由去驅逐對方。

伊諾克本來還擔心在歐內特斯帝國什麼事都沒有做的情況下，國家未必會重視他的傳報，然而他很快便收到皇城那邊的回覆，說是中央會派軍隊前來支援。

雖然艾爾頓帝國在邊境設有常備軍隊，可是因爲簽訂了停戰協議，多年來對方也沒有來犯，加上每年供養軍隊的花費並不少，因此爲免勞民傷財，邊境軍逐年縮減了規模。

縮減規模的艾爾頓帝國邊境軍，面對歐內特斯帝國傾一國之力出動的軍隊，打起來誰勝誰負一眼便能知曉。伊諾克只求在歐內特斯帝國發動攻擊前，援軍能及時趕過來。

即使明知歐內特斯帝國的大軍若眞攻打過來，單靠邊境軍一定撐得不久，可是艾爾頓帝國的邊境軍並沒有退縮。

他們的身後便是巴塞洛繆，要是他們一退，巴塞洛繆的百姓就沒有活路了。歐內特斯帝國的凶殘素來出名，他們的軍隊可沒有只搶不殺的規矩。

何況這是對方停戰多年後首次開戰，爲了下馬威，屠城什麼的絕對幹得出來！

歐內特斯帝國的軍隊將要來襲一事，伊諾克並沒有瞞著城裡人民，而巴塞洛繆居民也知道，即使現在逃走，也快不過歐內特斯帝國的鐵蹄，唯有邊境軍打敗敵人，他們才能有活路。因此巴塞洛繆的居民都自發地做起後勤支援，有糧食的提供糧食，有力的出力，還有不少人提供軍隊武器戰甲，甚至魔法卷軸等裝備。

每個人都盡自己最大的努力來守護家園，一時間，巴塞洛繆變得熱鬧無比，面對處於弱勢的局面，人民忙碌地做著各種準備工作，反倒沒那麼多時間胡思亂想，也就沒有先前的驚恐與擔憂了。

反正要逃也逃不掉，該來的總會來，即使害怕也無法讓結果變得更好，那就只能盡力做好自己能做的事了。

然而伊諾克最擔心的事終於發生了。原本一直相安無事的歐內特斯帝國軍隊突然排起了出戰陣形，伊諾克知道對方眞的要進攻了，皇城派來的援軍卻還沒到！

不久，歐內特斯帝國的軍隊在巴德的帶領下，直接向巴塞洛繆攻擊了。艾爾頓邊境軍全力還擊，可惜雙方實力懸殊，戰況呈現一面倒的局勢。

就在邊境軍快要撐不下去之際，遠方隱隱傳來一陣充滿規律的聲響。

在戰場上，戰士的注意力都集中在敵人身上，再加上混合著各種慘叫、呼喊及武器擊打聲的戰場非常吵雜，那些聲音能引起士兵們的注意，並不是因爲它震耳欲聾，而是它伴隨著從地面傳來、令人心悸的震動。這震動有著非常整齊的節奏與頻率，直直敲打進心底深處，彷彿心臟也隨之鼓動一般。

很快地，眾人便知道這聲音是從哪裡來的。一支由玄甲軍所組成的軍團自遠方逐漸逼近，這支玄甲軍不只士兵全副武裝，就連戰馬都武裝了牙齒。玄甲軍對馬匹的操控術已達驚人程度，馬蹄踏地時竟有著統一的節奏，而剛剛眾人聽到的聲響，便是玄甲軍團發出的馬蹄聲。

開路的玄甲軍團後方，還有大量騎兵與步兵。邊境軍看見到來的人馬揮著艾爾頓帝國的旗幟，全都發出了熱烈的歡呼。

「是援軍！援軍來了！」

玄甲軍團來勢洶洶，馬蹄踏在地面傳來充滿規律的震動，躂躂的馬蹄聲讓歐內特斯帝國的士兵感到強烈壓迫感。巴德連忙示意士兵回防，看著迅速衝來的玄甲軍，心裡生起一股不祥的預感。

多年以前，艾爾頓帝國曾有一支玄甲軍，所到之處血流成河，留下眾多敵人的屍體。那支玄甲軍團戰無不勝，而帶領他們的將軍更被世人稱為「不敗戰神」。

可是據巴德所知，自從傑瑞米叛國後，那隊常勝軍中有不少人隨傑瑞米離開，留下來的士兵皆被路卡打散、編入其他軍隊，令歐內特斯帝國聞風喪膽的玄甲軍，理應已經不復存在才對。

這支玄甲軍，只是在模仿傑瑞米的軍團在虛張聲勢，打著心理戰吧？

就算眞的是曾經那支玄甲軍，可是沒有傑瑞米的帶領，這些士兵就像沒有牙的老虎一樣，根本就不可怕。

並非玄甲軍的士兵不強，也不是說傑瑞米單人的戰力比玄甲軍更加厲害。而是傑瑞米除了擔當指揮的重任，最重要的是，他的存在便是軍團的精神支柱，幾乎等同於信仰般的存在。

這些士兵全是由傑瑞米一手訓練出來，在多年浴血奮戰下，與他們建立出無人可比的信任與默契。巴德相信，即使是再厲害的將領帶領，也絕對比不上傑瑞米領軍時士兵們的戰鬥力。

雖然心裡是這麼想，他面對著迎面而來的玄甲軍時，仍有種氣弱的感覺，巴德只得將其歸咎於對玄甲軍殘存的畏懼。

男子心知現在絕不是退縮的時候，讓士兵重整陣形後，便迎上玄甲軍的進攻。

短兵相接，玄甲軍在第一波衝鋒下，竟衝破了敵人的防線！隨即後方騎兵順利跟隨玄甲軍進攻，讓不少歐內特斯士兵慘死在鐵蹄之下。

隨即，數量最爲龐大的步兵在騎兵的開路下，與歐內特斯帝國進行交鋒。邊境軍士氣大增，與援軍會合後氣勢如虹；反觀歐內特斯帝國這方，眾多士兵早已被頭兩波攻擊嚇到。在戰場上，氣勢非常重要，面對生死需要強大的勇氣，只要稍有退縮，便會輕易地潰不成軍。

艾爾頓帝國援軍將領也很明白這個道理，只見那名衝鋒在玄甲軍最前線、斬殺不少敵人的玄甲軍將領，突然伸手拿下頭盔，並舉劍斬殺想趁自己動作時偷襲的歐內特斯帝國士兵。敵人的鮮血潑在男子臉上，頓時把那張英俊的臉襯得猙獰。

「傑瑞米！敵軍的將軍是傑瑞米！」

那名身穿玄甲戰衣、英氣逼人的將領，竟然是不敗戰神——傑瑞米・艾爾頓！

雖然傑瑞米戴在頭上的頭盔只遮擋至臉頰，並不是完全遮蓋臉的全覆式頭盔，可是頭盔終究遮擋住部分容貌。再加上他們騎馬衝鋒時速度很快，塵土飛揚之下，歐內特斯帝國的士兵根本沒有閒暇去細看敵軍將領到底長什麼模樣。

結果看到傑瑞米脫下頭盔時，歐內特斯帝國的士兵全被嚇呆了，甚至還出現了騷動與混亂。只是露出一張臉便能達到這種效果，可想而知，這位不敗戰神在敵國軍隊裡的名聲有多可怕。

除了歐內特斯帝國，邊境軍也同樣被傑瑞米嚇了一跳。

傑瑞米曾因通敵叛國的罪名而逃離了帝國，當時與他勾結的正是歐內特斯帝國。因此察覺到傑瑞米的身分時，伊諾克不喜反驚，滿心想著傑瑞米的出現是不是有什麼陰謀。

其實不只邊境軍心裡存疑，在傑瑞米結集舊部、調動人馬前往邊境救援時，即使他身持皇令、有著玄甲軍舊部的全盤信任，其他軍隊的不少士兵仍對他抱持著懷疑的態度。

幸好沈夜與傑瑞米分別時，有將與路卡聯絡用的魔法晶石交給傑瑞米，讓對方能聯絡上路卡，直接消弭眾人的疑慮，不然只怕士兵還不敢隨他出征呢！

察覺到邊境軍因傑瑞米的露臉而出現慌亂，傑瑞米身旁的傑夫高呼：「陛下已經洗清了傑瑞米大人叛國的罪名，大人帶有陛下的軍令，奉命前來邊境驅逐入侵者！」

傑夫說這番話時還用了鬥氣，聲音迅速傳了開來，一時間，整個戰場的人都聽到傑夫的話。

雖然邊境軍對傑瑞米的身分仍有疑慮，畢竟這一切實在太突然了。但現在的情勢若沒有傑瑞米等人的幫助，光憑邊境軍根本無法抵擋歐內特斯帝國的入侵，因此他們也只能選擇相信對方的說詞，與傑瑞米並肩作戰。

巴德得知玄甲軍將領竟然就是傑瑞米後，便知道這場原本十拿九穩的戰事只怕結果未知了。然而亞伯勒還在艾爾頓帝國等著他的救援，巴德說不上有多忠心，可是他的各種利益早已與對方綁在一起，二人是一損俱損、一榮俱榮。爲了自己的榮華富貴，巴德只得盡力打好這場仗，好成爲保住亞伯勒的籌碼。

在亞伯勒登基那時，巴德身爲他的心腹，爲了鞏固主子的地位而迫害了不少皇室血脈。萬一亞伯勒下台，帝國內不論哪個皇室成員上位，對他來說都是毀滅性的後果。

因此巴德雖已心生退意，卻仍沒有退縮，更下令旗下士兵：「逃跑者將視為叛國，立即處決！殺死傑瑞米的人重重有賞！」

歐內特斯的士兵聽著巴德的命令，並斬殺幾名退縮的士兵後，便再次投入了戰鬥。歐內特斯帝國的人本就好勇鬥狠，殺紅了眼後也不管什麼不敗戰神了，原本退卻畏縮的心思也隨之消退。

傑瑞米除了是領兵的天才，個人戰力也相當驚人，而他在與阿爾文一戰、並得知當年事情真相後，還因解開了心中多年心結而晉階了！

修習鬥氣的人，除了最低階的學徒，以及勉強入流的戰士外，高手皆以鬥氣的顏色來辨識階位，因為實力晉階，鬥氣顏色也會隨之改變。戰士的階位由低至高分別為青銅、白銀與黃金，而黃金之上，便是傳說中能掌控法則，與魔法師最高階位的「法神」同等級的「戰神」。

階位愈是往上，要晉階便愈是困難。傑瑞米已停留在白銀戰士很長一段時間，想不到一解開心結便立即順利晉階，不僅實力大增，還隱隱摸到戰神的邊緣。

只要不出意外，在傑瑞米有生之年，有很大的機會可以晉階成這世界絕跡多年的「戰神」。

而現在，傑瑞米使出鬥氣斬瓜切菜般解決身邊的敵兵，完全沒有人能和他有一戰之力。最可怕的是，傑瑞米鎖定了巴德，竟然大膽地單槍匹馬衝入敵陣，試圖斬殺巴德這個敵軍主帥！

巴德看著圍繞在傑瑞米身上淡淡的金色鬥氣，不禁後悔自己在傑瑞米現身時爲什麼不撤退。想不到對方沉寂了這麼久，再次出現時，不僅洗清了叛國罪名，還不聲不響地晉升爲黃金戰士！

對戰士來說，實力每晉一階，與之前的實力相比之下是完全不同的概念。即使是稱得上是強者的白銀戰士，在黃金戰士面前，根本就像小孩子與成年人的差別。要是現在讓傑瑞米與阿爾文再打一場，阿爾文絕不會有勝出的機會。

黃金級別的戰士已摸到法則邊緣，他們全是國家武力的頂端，是即使皇帝也得對其客客氣氣的存在。白銀戰士的人數已經很稀少，若有在國內任官，全都是將軍級別。至於黃金戰士，他們歐內特斯帝國放眼望去也不過兩名，而且都年事已高，其中一名更作為鎮國之寶，必須長期駐守皇城，能夠成為戰力的就只有一位。

艾爾頓帝國原本也有兩名黃金戰士，可惜其中一人年紀太大，多年來無法再進一步，數年前已經過世。至於另一人也差不多到了極限，要不是布倫丹晉階成與黃金戰士同等級的傳奇法師，彌補了失去一名黃金戰士的損失，只怕歐內特斯帝國早已不理會停戰協議，直接武力碾壓艾爾頓帝國了。

在兩國國力相當時，高階戰士往往是戰爭勝負的關鍵。

而現在傑瑞米竟然也晉階了，等同於艾爾頓帝國有三名超級強者守護，穩穩壓了歐內特斯帝國一頭。

像傑瑞米如此年輕的黃金戰士絕對是前途無量，巴德看著朝自己斬殺而來的傑瑞米，眼神變得凶狠起來。他決定無論付出多慘痛的代價，也勢必要殺死對方！

傑瑞米看出巴德眼中的殺意，卻對此不以為意。到了傑瑞米這種實力，一般人已經很難殺死他了。何況他現在並不是單打獨鬥，他的背後還有眾多艾爾頓帝國的軍人作為他堅強的後盾！

傑瑞米輕蔑地朝巴德勾起嘴角，揮劍便朝對方斬去，然而本以為萬無一失的一擊，卻被人擋住了。

那個突然擋在巴德身前的人，不僅格擋開傑瑞米的一擊，還趁著傑瑞米長劍被擊開之際步步進逼，讓男人一時間只能被動地抵擋著。

這名潛伏在巴德身邊、先前不露山水的人，正是其中一名歐內特斯帝國的黃金戰士！

戰場上血氣沖天，強烈殺意遮掩住這位強者的氣息，直到他出手，傑瑞米這才察覺到對方的存在。

原本這名強者並不打算親自動手，只是這次戰役事關重大，因此才隨行出征，在必要時刻現身震懾一下敵軍，想不到卻遇上傑瑞米這個年輕的黃金戰士，這名強者頓時見獵心喜，斬殺一名黃金戰士絕對是驚人的戰績，因此便一改初衷地出手了。

這名戰士成名許久，晉階黃金戰士也有很長一段時間；而傑瑞米畢竟晉階不久，對自身力量的運用還未完全適應。因此雙方雖然都是黃金級別的戰士，對戰時傑瑞米卻是落了下風，處於被挨打的狀態。

原本傑瑞米對上這名強者已然不敵，旁邊還有巴德及一些歐內特斯帝國的士兵突襲，他想要離開也無法輕易脫身，勝利的天平頓時偏移向歐內特斯帝國那邊！

巴德見狀大喜，就在要乘勝追擊拿下傑瑞米時，卻見天上一道落雷直直向他們劈下。這道落雷威力強大，要不是那名黃金強者在阻擋雷電時照顧了巴德一下，只怕巴德已像身旁那些士兵一樣，變成了一具燒焦的屍體。

眾人隨著落雷的方向仰首看向天空，這才看到一名男子不知何時正靜靜飄浮在半空。男子身穿魔法袍，長相非常俊美，即使有著病態、過於蒼白的皮膚，以及臉上生人勿近的陰沉神色，仍無法掩蓋他容貌的出色。

眾人見狀大驚，這位美男子也是名人啊！他正是艾爾頓帝國唯一的一名傳奇法師布倫丹！

想不到不僅歐內特斯帝國派出其中一名黃金戰士，就連艾爾頓帝國也對這場戰役如此重視，除了讓傑瑞米領軍支援，竟還派出了一名傳奇法師！

魔法師一向很少出現在前線，並不是魔法師貪生怕死，而是因爲所有攻擊力強大的魔法都有一個共通點，就是很容易會敵我不分地誤傷友軍。魔法師在戰場上就像人形轟炸機，一開始的時候還好，但當兩軍相接、開始混戰，魔法師就只能將雙方一起轟飛了……

何況培養一名魔法師要花費的心力，可比培養一名戰士多得多，因此魔法師通常都比戰士珍貴，因爲數量少啊！而且他們的體格並不比普通人強多少，只要被近身攻擊，很容易便會嗝屁了……

因此一般國家即使有魔法師軍團，也鮮少派他們去前線，大都是讓他們在後方支援，又或者趁戰事剛開始時發幾個大招轟過去。反正魔法師擅長遠程攻擊，打完就跑才是眞理！

像布倫丹這種傳奇法師，更是不會輕易離開皇城。何況這人本身性格陰沉，喜歡宅在魔法塔進行各種研究，連出門次數都少得出奇，因此誰都想不到傑瑞米竟然能請來這尊大神！

現在那名黃金強者腸子都悔青了，原本他還打算趁傑瑞米剛晉階不久，在他力量還未成熟時拿下人，可現在加上一個布倫丹，就變成輪到他要逃命了！

布倫丹的實力本就比他強，一對一的話他已不是對方對手，現在還有一個傑瑞米，這位黃金強者簡直成了被他們聯手吊打的狀態。

幸好這名強者見機快，寧可硬生生捱上布倫丹的雷電一擊後帶傷逃跑，最終讓他成功逃離戰場，勉強保住了一條性命。

可是布倫丹的落雷又哪是這麼好對付的？這一擊定會讓他留下病根，不僅得花數年時間調養，即使傷好後也難以再晉階，今生只能止步於黃金階等了。

巴德看著他們最強大的依靠就這麼被布倫丹打跑，也不再多做掙扎，當傑瑞米視線再次投放他身上時，很乾脆地投降了。

雖然金錢與權力很誘人，但也要有命才能享用啊！巴德並沒有爲國家豁出性命的覺悟，明知結局必敗，傻子才繼續打下去。

亞伯勒陛下，我已經盡力了。

不是我不想去救你，實在是敵人眞的太強啊……

Chapter 7
湮滅之星

此時身處艾爾頓帝國皇城的亞伯勒，雖然不知道自家軍隊已經投降，但邊境那邊過了這麼久都沒有動靜，他也曉得事情進展並不順利。再想到路卡這邊早已有所準備，便知道自己這一次栽了。

但如果亞伯勒會這麼容易認輸，他也不會被其他國家的人視爲瘋子了。

即使無法順利幹掉路卡，即使最終會被抓捕，在此以前也要讓艾爾頓帝國這邊脫一層皮！

亞伯勒從空間戒指取出一些魔法卷軸，沈夜等人見狀卻是完全不擔心。畢竟現在守護他們的結界的創造者布倫丹，是目前大陸上最爲頂尖的傳奇法師之一。除非亞伯勒手上的魔法卷軸是與布倫丹同階位的傳奇法師所製造，才得以打破魔法結界。

然而歐內特斯帝國卻是個戰士橫行、不重視魔法發展的國家，因此沈夜根本不認爲對方取出的魔法卷軸可以破壞結界。

那位站在沈夜身旁、不久前爲他撿起資料遞給路卡的貴族顯然也是這麼覺得，還出言嘲笑：「如果他能打破結界，我就把掛在牆上的那盞油燈吃下去！」

然而當亞伯勒撕破魔法卷軸時，出現的並不是他們所以爲的各種魔法，而是一道金色的鬥氣！

金黃的色澤，這是只有黃金階位的強者才擁有的鬥氣顏色。

歐內特斯帝國竟然研究出將鬥氣注入魔法卷軸的方法！

這次布倫丹的結界再也沒有先前的威能了，雖然鬥氣無法擊散結界，但仍斬出了一道長長的缺口。即使結界迅速塡補缺口，可是纏繞在結界上的雷電卻明顯削弱許多，只要亞伯勒再多來一道鬥氣，便能擊毀結界。

沈夜：「……」

那位立了一手好flag的貴族：「……」

這到底是怎樣的烏鴉嘴!?

亞伯勒的卷軸當然不只一張，因此很快地，沈夜本以爲萬無一失的結界便被亞伯勒破解了。

看著亞伯勒手中卷軸的數量，再對比自己持有的布倫丹魔法卷軸，他默默掐滅了與對方比拚撕卷軸的小心思。

既然知道拚數量贏不了，那就別浪費這麼珍貴的魔法卷軸。這麼想著的沈夜，暗自決定節省下那些魔法卷軸，事後存入他的小金庫。

當亞伯勒成功破壞布倫丹的結界後，歐內特斯帝國的士兵就像撲入羊群的餓狼般，拔劍便朝艾爾頓帝國的貴族們殺去！

然而路卡既已預料到歐內特斯帝國的突擊，還以自身作餌，又豈會沒做好萬全準備呢？

路卡除了調動暗衛護身，還在大禮堂二樓安排了不少精兵待命，之前他只是想讓沈夜出出風頭，順道洗去少年叛國的罪名，才讓那些士兵按兵不動罷了。

現在雙方即將打起來，路卡自然不會眞的讓那些養尊處優的權貴對上歐內特斯帝國的精兵，因此年輕皇帝朝上方略微頷首後，便見大禮堂二樓躍下一隊皇家衛兵，邊打邊喊：「發現有歹徒潛入！保護陛下！」

沈夜看著這些衛兵裝出一副剛剛發現歹徒的模樣，便覺得好笑；而很湊巧地，先前被阻攔在鐘樓的阿爾文等人也終於擺脫糾纏、趕了過來。亞伯勒等人頓時被艾爾頓帝國的人包圍，路卡與阿爾文兩邊人馬，一左一右地將對方困在中間。

亞伯勒轉身一手勒住瑪雅的脖子，盛怒的他單手舉起少女，憤聲質問：「這到底是怎麼一回事？妳是不是事先洩露我們的行動!?」

亞伯勒手勒得很緊，瑪雅呼吸不過來，哪還有先前柔弱美麗的模樣？她的表情因痛苦與怨恨而變得猙獰，嘴巴滑稽地大張、想要呼吸，雙腿胡亂踢動到快要走光了，看起來實在醜陋狼狽得很。

亞伯勒其實也不是很確定瑪雅是否背叛了自己，更多的是帶著遷怒的成分。不得不說，跟著這樣的主子，瑪雅實在很倒楣，立了功未必有獎，被過河拆橋的可能反而更大；如果事情出了錯就更加悲催了，對方根本不會理會關不關她的事，總之一定沒有好果子吃。

瑪雅出氣多入氣少，而亞伯勒卻完全沒有放開她的意思。其實以亞伯勒的手勁，他若真用盡全力，瑪雅的脖子早就「喀嚓」一聲斷掉了，然而身處於戰場中，這瘋子還有閒情逸致地慢慢折磨、欣賞對方痛苦的模樣，就是不賞給對方一個痛快。

瑪雅感到亞伯勒的殺意，知道自己再不做些什麼，這傢伙一定會弄死自己。於是她忍住痛苦，拚命擠出救命的話語：「陛下……我……我有方法……讓大家全身而退……」

亞伯勒聞言挑了挑眉，並沒有說話，然而勒住瑪雅脖子、將人舉起的手卻下移了些，讓少女的腳尖可以碰到地面，但握住脖子的力道沒有絲毫放鬆，依然讓瑪雅難受萬分。

現在瑪雅已顧不得這些了，她眼看有機會，立即繼續奮力遊說亞伯勒：「賢者的府邸……我藏了一枚湮滅之星……」

亞伯勒聽到瑪雅的話，不禁面露驚訝，心想對方與那個名叫沈夜的少年，到底有著怎樣的深仇大恨，不僅處心積慮地想要他的命，還在他家放了一枚湮滅之星，想把人炸飛嗎？

「湮滅之星」是由一種不穩定金屬鍊製而成，觸發它爆炸時能把一切破壞殆盡。傳說在久遠以前的年代，兩名法神在戰爭同歸於盡時，他們的魔法正好同時被一種吸收力強大的金屬吸收，後人又將此金屬鍊製，這才造就出這個如此可怕的湮滅之星。

多年至今都沒有傳奇法師晉階成法神，湮滅之星不可能再被製造；而這種金屬的破壞力能無視任何魔法結界，更可怕的是，湮滅之星爆炸時，所有被波及之物會回歸虛無，連屍骸都不會留下，因此才被命名爲「湮滅之星」。

湮滅之星曾經盛行一時，在無數戰爭中收割了不少人的性命。但就如它的名字般，這種武器用一個少一個，最終湮滅在時光裡。

湮滅之星是瑪雅最後的籌碼，錫德里克家族是在偶然的機會下獲得了這枚令人聞之喪膽的武器。如果瑪雅一心向著歐內特斯帝國，只要找個機會把湮滅之星留在城堡裡引爆就好。

可惜相較於歐內特斯帝國的計畫，瑪雅更加惜命。因此這枚湮滅之星便成了她的底牌，被少女用計，將這張牌藏在賢者府裡。

當時她盤算著，無論是歐內特斯帝國入侵成功後過河拆橋，還是艾爾頓帝國識破了敵方計謀，只要事情發展對她不利，她便可以利用湮滅之星爲自己謀求出路。

至於爲什麼要把東西藏在賢者府裡？

一來路卡非常看重沈夜，用少年的安危來威脅路卡再好不過；再者，用這種迂迴的方式將東西混入賢者府，可比帶進守衛森嚴的城堡容易多了。

最後一個原因，則是瑪雅的私心。因爲她就是看沈夜不順眼啊！把東西藏在賢者府內，將來眞得要引爆湮滅之星的話，首當其衝的便是賢者府了。

可惜計畫趕不上變化，現在沈夜並不在賢者府裡，她的布局可說是白費了。

不過用炸掉一個賢者的府邸來威脅，亞伯勒並不認爲路卡會因此有所顧忌。

瑪雅看出亞伯勒的不以爲然，急切續道：「沈夜收養的一個女孩子……在賢者府裡……」

亞伯勒想到沈夜那一本正經的模樣，總算開始正視瑪雅的計畫了。在亞伯勒心裡，沈夜這種事事與人爲善的人都是傻子，搞不好對方會眞的感情用事地因爲一個小女孩而投鼠忌器。

不過沈夜傻，路卡這頭狐狸可不傻，那個小女孩在沈夜眼中很重要，但在路卡的心裡卻不至於有這麼重的分量。

說到能夠影響路卡的人……亞伯勒的視線投放在沈夜身上，心裡一個計畫漸漸成形。

「把引爆湮滅之星的裝置交出來，我留妳一命！」亞伯勒道。

瑪雅苦笑道：「陛下，您知道我不會這麼做的，現在湮滅之星是我唯一保命的手段。只是我很樂意利用這東西爲陛下分憂，只要事後陛下與艾爾頓帝國談判時，順道訂下他們不能追究我的條款就好了，這對陛下您來說應該是再簡單不過的事吧？」

經過剛剛差點被亞伯勒掐死的驚嚇後，瑪雅已決定選擇留在艾爾頓帝國，即使有著叛國這個黑歷史，留下來必定不會好過，可至少路卡他們說話算數，爲人處事也有底線。不像亞伯勒那樣對手下是賞是罰全憑心情，而且每隔一段時間總會發一次瘋，性情陰晴不定，讓人無所適從。

亞伯勒終於大發慈悲鬆開了手，瑪雅立時痛苦地摀住發疼的脖子，咳嗽不止。此時沈夜被伊凡與賽姬護得密不透風，不期然地迎上亞伯勒投射來的視線時，不知爲何心頭一跳，生起一股不祥的感覺。

戰場吵鬧，再加上亞伯勒與瑪雅談話的聲量不大，沈夜並不知道他們在說什麼，可是那種被猛獸盯著似的感覺讓他非常不舒服。

隨即，沈夜便因亞伯勒接下來的話而神色大變：「賢者大人，瑪雅說她在你的房子裡藏了一枚湮滅之星呢！你說，你壞了我的好事，作爲回報，我把你的宅邸炸了好不好？」

聽到亞伯勒的話，沈夜頓時面露驚懼。房子什麼的他並不在意，可是賢者府裡還有毛球、喬恩、柯特、路易士……有著許多他在乎的人。如果亞伯勒說的話是真的，那他們豈不危險了？

亞伯勒這番話以鬥氣傳音給沈夜，除了少年，其他人都聽不見。賽婭心細，注意到沈夜神色突然變得很難看，忍不住擔憂地詢問：「少爺，怎麼了？」

沈夜慌張地說道：「亞伯勒說瑪雅在賢者府放了一枚湮滅之星！怎麼辦？喬恩他們還在家裡！」

賽婭聞言驚訝地瞪大雙目，護在沈夜身邊的伊凡聞言也皺起了眉。倒是一旁的路卡比較冷靜，理智地分析：「瑪雅根本沒有進入過賢者府，該不會他們是在騙你吧？」

沈夜想了想，也覺得亞伯勒的說詞並不可信。亞伯勒見少年露出不信任的神色，便向瑪雅笑道：「他們似乎不相信呢。」

瑪雅剛剛直接面對亞伯勒的殘酷殺意，此時對這瘋狂的男人充滿了陰影。雖然對方笑得和善，可瑪雅卻想到剛剛他渾身殺氣地要殺死自己的模樣，不由得畏縮地打了個冷顫。

要是她不再有用處，亞伯勒便會像剛剛那樣毫不留情地取她性命，現在想保命，就只有盡力表現自己的價值。如果表現出色，亞伯勒事成後說不定龍顏大悅，願意履行先前允諾她的事也說不定。

現在的瑪雅已完全不再妄想榮華富貴，她只想先保住小命。

少女聽到亞伯勒的質疑後，簡直嚇得魂飛魄散，深怕沈夜不買帳，然後亞伯勒將她「喀嚓」掉，用以洩憤。

「眞的！我保證！我並不是直接在賢者府動手腳。他那裡不是有個名叫柯特的護衛嗎？那個男人喜歡我，我原本利用他打探沈夜的消息，可是那人口風很緊，因此我沒有繼續在他身上浪費時間，與他講開時送了一枚護身符給他作爲禮物。柯特那麼喜歡我，那護身符一定會隨身帶著。那枚護身符就是湮滅之星！」

亞伯勒聞言驚訝萬分，心想那個叫柯特的護衛還眞倒楣，不僅被瑪雅欺騙感情，用來安慰的禮物還是枚隨時會爆炸的湮滅之星……所以說識人不清就是慘，眼盲隨時會把命都搭上。

亞伯勒把瑪雅的話複述一次給沈夜聽後，便不再戀戰，毫不心痛地一把撕破手中的魔法卷軸。頓時，黃金階位的鬥氣滿場飛揚，歐內特斯帝國一行人趁機殺出重圍，邊戰邊退地往外逃去。

沈夜爲了保護眾人，原本打算存入自己小金庫的魔法卷軸仍是全都用光，驚險擋住了亞伯勒的攻擊。

此時離沈夜較遠的阿爾文等人還不知發生了什麼事，並未太在意亞伯勒等人逃離。畢竟對方還在自家地盤中，就連威力最大的殺手鐧都用光了，諒他們在皇城也鬧不出風浪，抓捕他們只是時間早晚。

可是聽到亞伯勒傳音的沈夜，卻是方寸大亂地要追上去。瑪雅明確說出柯特的名字，再加上柯特的確曾經失戀，而且那護身符沈夜還親眼看過！

此時沈夜已經相信了亞伯勒的說詞，就怕對方現在是要去賢者府引爆湮滅之星。根據沈夜對湮滅之星的了解，聽說每個鍊金術師利用那種不穩定的金屬鍊製時，除了作爲湮滅之星，同時也會一併鍊出能觸發湮滅之星的鑰匙。

這種情況是在鍊製珍稀金屬時才會出現，湮滅之星與鑰匙就像雙胞胎一般的存在，只要鑰匙被破壞，湮滅之星便會同時爆炸。

有些鍊金術師會把鑰匙直接嵌入湮滅之星裡，並將其投放至敵陣中，就像地雷一樣。有些則是鑰匙與湮滅之星分開使用，缺點是引爆湮滅之星時，鑰匙與它的距離不能太遠。當年某些國家爲了引爆藏在敵方重要據點的湮滅之星，可沒少犧牲己方的死士。

沈夜並不知道柯特的護身符是哪一種，但無論是哪種，走投無路的亞伯勒等人必定是衝著賢者府而去。

雖說賢者府有柯特他們守護，可是這次事情十分機密，柯特他們還不知道此時皇城發生了什麼事，甚至不清楚瑪雅的底細。柯特曾那麼喜歡瑪雅，對她自然不會設防，少女要成功引爆護身符根本就不是什麼難事。

想到這裡，沈夜立即不淡定了。

伊凡看著沈夜邁步便要跟過去，連忙把人拉住。沈夜見伊凡一臉不贊同的神情，於是滿臉焦急地說道：「伊凡，我一定要過去看看！不然眞出了什麼事，我一輩子都良心不安！」

瑪雅與柯特無怨無仇，她之所以會讓柯特佩戴那枚護身符，主要也是想要算計沈夜。如果眞有人因此死亡，而沈夜明知道事情即將發生，還留在安全的地方不聞不問，良心又怎麼過意得去？

賽婭見沈夜心意已決，可是卻又不想讓少年冒險，一時間不知該怎麼辦，只得把視線投向兄長身上，讓他拿主意。

伊凡看著沈夜堅定的神情，最終退讓了一步：「我們與你一起去。」

沈夜頷首：「好！」

路卡看著被伊凡與賽婭護送離開的沈夜背影，也很想跟著他們一起離開。可是這邊還需要他主持大局，這裡的權貴可說代表了艾爾頓帝國上層社會，出了那麼大的事，他總要留下來安撫他們一番再說。

□

此時在賢者府的眾人，並不知道他們的生命正受到威脅。相較於城堡那邊的混亂，今天賢者府卻是平靜又和諧的一天。

除了伊凡兄妹，沈夜並沒有把歐內特斯帝國來襲一事告知任何人。畢竟事關重大，還是愈少人知道愈好。

何況歐內特斯帝國的間諜都被路卡鎖定了身分，只是因為不想打草驚蛇而沒有妄動。這些人都被監視著，皇城理應出不了意外，留在賢者府的喬恩等人對事情一無所知反倒比較安全。

沈夜出門時，向喬恩謊稱有事要與路卡商討，對歐內特斯帝國入侵一事隻字未提。

喬恩剛從蓋爾森林的小村莊回來，那裡的環境與設備簡陋，有很多實驗根本無法進行。喬恩回到賢者府後簡直像隻終於重回大海的小魚兒一樣，埋首在實驗室裡不願意出來。除了吃飯與睡覺，其他時間都沉迷於研究中，整個研究之魂熊熊燃燒著！

至於賢者府的其他人，則是該做什麼便做什麼，所有人都還不知道危險正在逼近中。

就連布倫丹的魔法結界都阻擋不了亞伯勒，賢者府的結界雖然強大，卻也不意外地被他們所破開。

當亞伯勒等人翻牆闖進來時，率先遇上的便是打理著花園的下人們。男子看到這些下人一副悠閒的模樣，再想到自己被路卡玩弄於股掌間的狼狽，便心生惡意地遷怒於這些無辜的人，舉劍便想要血洗賢者府。

那些下人看著亞伯勒等人凶神惡煞地翻牆進來，立即察覺到這些人來者不善。只是他們都是些不懂武藝的普通人，即使想逃也快不過對方的鬥氣。

此時一名青年卻擋在下人們身前，只見這名長相平凡、每個動作卻優雅得賞心悅目的青年露出得體的微笑。青年目光掃過亞伯勒一行人後，最終停留在瑪雅身上：「瑪雅小姐，日安。請問有何貴幹？」

這名青年正是賢者府的管家路易士。身為一名合格管家，路易士對於上層社會的人物雖然未到瞭若指掌，但至少能說得出對方的身分、名字。因此一看到瑪雅這位錫德里克家族的新任家主，自然立即認出對方。

然而回答路易士的，卻是亞伯勒毫不留情的一劍！

就在以爲青年要身首異處之際，卻見他迅速出手，竟穩穩將亞伯勒揮出的長劍格擋開來。

此時眾人才發現這名看起來很文雅、即使學習武藝也應該是偏向魔法那類的青年，竟與亞伯勒一樣，是個戰士！

他的白色手套不知是用什麼特殊材料製造，與能承載鬥氣的長劍有異曲同工之妙，而且看手套上泛起的鬥氣光芒，他竟是一名白銀戰士！

神經病！管家管得再多也只是個下人，誰家用白銀戰士來當管家那麼奢侈!?不！應該說，哪有白銀戰士願意去當管家那麼自貶身價!?

路易士彷彿聽到敵人心裡的吶喊，很認眞地向眼前眾人說道：「爲了替主人分憂，管家擁有一定的武力值是很合理的。」

「……」亞伯勒等人已經不知道該怎麼吐槽了。

就在路易士出乎意料的反擊佔據亞伯勒等人的注意力時，柯特等一眾護衛也趁機現身。

早在歐內特斯帝國眾人打破賢者府結界、翻牆而入時，他們便已經察覺到，只是對方人數眾多，加上一些下人又在附近，為了避免打鬥時誤傷，柯特等人這才按兵不動，尋找合適的機會。

因為路易士用著那種翩翩公子的模樣空手接白刃，畫面實在太有違和感，再加上他那不符合身分的強大實力，亞伯勒等人訝異得一時間目光都投放在青年管家身上。

就在此時，一大群護衛不知從哪衝出來，而且身手並不遜於亞伯勒那些精挑細選出來的士兵；這些護衛打得亞伯勒等人措手不及的同時，還迅速掩護幾名下人逃離戰場。

雖然人數上還是歐內特斯帝國這方佔上風，可是才剛踏進賢者府便諸事不順，亞伯勒實在心情煩躁得很。想要殺的人沒有殺掉，那幾名低賤的下人更在他的眼皮子下逃了，這對他來說簡直是赤裸裸的打臉！

他殺不死路卡也罷，就連一個小小賢者府的下人也要與他作對嗎!?

在亞伯勒心中，只有同為皇族的人才配與他站在同樣高度，其他低賤的人就應該乖乖讓他殺才對！

「被我殺死是你的榮幸！」——亞伯勒陛下的想法就是這麼自我、這麼地無理取鬧。

Chapter 8

賢者府大混戰

於是不爽的亞伯勒瞬間化身成大魔王，命令士兵把賢者府的人一個不留地都屠殺掉。歐內特斯帝國的士兵都只聽軍令、不問緣由，聽完命令後，便向柯特等人殺去。幸好這裡還有個看得清形勢、記得他們前來初衷的瑪雅。

瑪雅看到亞伯勒向眾護衛喊「殺——」時，眼珠子都快瞪掉了！

說好的利用柯特等人性命引來沈夜，然後以湮滅之星威脅他呢？

瑪雅不敢直接打斷亞伯勒，只得採迂迴戰術，裝出一臉情深地呼喊：「柯特！你贏不了他們的！你快跑吧，別管我了！」

亞伯勒聽到瑪雅呼喊出柯特的名字，這才想起他們前來的初衷。上下打量了下這個名叫柯特的青年，心想小伙子看起來挺不錯的啊，怎麼眼光那麼不好，竟喜歡上瑪雅。

男人覺得這個傻小子被瑪雅玩得團團轉，實在有趣，因此便一手扯著瑪雅的長髮，不顧少女痛得流出了眼淚，一臉戲謔地問道：「你就是柯特？」

柯特對著亞伯勒怒目而視。在歐內特斯帝國的人闖進來時，他便已發現了瑪雅。只是青年並不知道瑪雅與亞伯勒等人是一伙的，只以爲少女是被這些歹徒挾持過來。

柯特故意裝作與瑪雅不認識，就是怕敵人得知兩人認識後會拿瑪雅來威脅他，反倒增加了瑪雅的危險。原本他還想找機會救人，想不到少女卻立刻道出他們相識的事實。

對方首領聽到瑪雅的呼喊後，果然向她出手了——柯特心裡慌亂，也有些責怪瑪雅沉不住氣，胡亂呼喊讓事情變得更糟。

可是他轉而一想，想到瑪雅現在身陷敵陣，不知該多驚恐無助，便覺得心疼起來，苦澀的感覺蔓延在心頭。

柯特再想到瑪雅在如此害怕的情緒下，還爲了他而呼喊出這麼一番話，即使對方對他並無男女之情，可危難時仍是想到了自己的安危，這便讓柯特感到非常感動。

既然彼此認識一事已被瑪雅道破，柯特也就不再裝了，憤怒地向亞伯勒厲聲質問：「你們是什麼人？快放開瑪雅！」

亞伯勒笑道：「放心，我們的目標並不是她。聽說賢者大人有個身爲藥劑師的養女，她現在就在府邸裡對吧？只要你們將人乖乖交出，我們便放過瑪雅。」

雖然柯特滿心想要救出瑪雅，可是讓他用喬恩來換，柯特又怎麼做得出來？即使心裡再擔心著急，他也只能選擇默不作聲。

亞伯勒見狀壓低了嗓音，以只有自己與瑪雅聽得見的音量哼笑道：「看來妳的魅力也不怎樣，那個男人完全不在乎妳的死活嘛！」

聽到亞伯勒的話，瑪雅心裡暗恨，覺得柯特的做法讓自己相當丟臉。

在瑪雅的觀念中，即使她已向柯特表明自己並不喜歡他，可是對方也應該對她念念不忘，把她視作白月光般放在心裡；見她陷入險境，無論付出任何代價，柯特都應該以她的安全爲先才對。

現在柯特竟置她的安危於不顧，在瑪雅心裡這根本就是負心漢的行爲。先前還說著有多喜歡她，然而在發生事情時，卻沒有將她放在首要位置，這種喜歡何其低賤？

既然柯特不在乎她的死活，那麼，先前一直利用他的事也不是她的錯了。

瑪雅爲自己算計柯特的行爲找到藉口後，便更加心安理得起來。

雙方各自以柯特與亞伯勒爲首，展開了激烈的攻防。亞伯勒在眾護衛的猛烈進攻中，「不小心」鬆開了對瑪雅的箝制，柯特見狀，連忙上前將少女從敵人魔掌中解救出來。

其實如果柯特靜心想想，便會發現瑪雅的出現有著不少奇怪之處。她與沈夜本就沒什麼交集，亞伯勒要找賢者府的麻煩，抓她一起過來做什麼？

還有，眾護衛也未因瑪雅受挾而交出喬恩，亞伯勒不把人幹掉，還邊抓著少女邊對敵，豈不是多此一舉嗎？

只是亞伯勒等人出現得突然，因此忙著對敵的柯特他們並未有時間多想。何況瑪雅在柯特心中一直是個溫柔又善良的存在，先入爲主之下，青年根本就不會對她有所懷疑。

對瑪雅沒有絲毫防備的結果，便是當柯特把瑪雅護在身後時，少女猛然拔出一柄短匕首，狠狠插入他的腰間！

匕首深深插入、刀刃完全消失，柯特腰間布料處頓時滲出大量血漬。雖然沒有傷及要害，可是匕首事先塗了劇毒，柯特頓時使不出力氣，只能狠倒在地，用無法置信的眼神看向一臉冷漠的瑪雅。

身中劇毒的柯特已說不出話來，死死盯著瑪雅的眼神，像在質問對方到底爲什麼要這麼做。

瑪雅完全沒有理會柯特的意思，一擊得手的她主動返回亞伯勒身邊。那副一切以亞伯勒馬首是瞻的模樣，已明確表示她與亞伯勒才是一伙。

柯特此時覺得自己眞是個笑話，明明那麼喜歡對方，即使對方表明喜歡的人並不是自己，可他還是將與瑪雅相處的時光視爲最美好的回憶。只要閉上眼睛，柯特便能輕易描繪出瑪雅動人的一顰一笑。

然而他如此珍視的回憶，從一開始根本就只是個幻象。瑪雅表現出的都是假的，而自己卻迷戀上一個根本不存在的幻象，並被這虛假的假象騙得團團轉。

還眞是丟臉啊……

亞伯勒正要上前把柯持抓起來，卻聽到一道小孩子的嗓音響亮地喝罵：「你這個壞人！快放開柯特！」

原來是喬恩看到柯特中毒倒地後，忍不住出言喝罵對方。

雙方打起來時，喬恩便已發現賢者府被敵人入侵了。她知道自己在抗敵方面幫不上忙，因此便遠遠躲在一旁偷看。結果看到柯特被瑪雅暗算，而柯特快要落入亞伯勒的魔掌時，喬恩終於忍不住出聲了！

喬恩剛開始被沈夜帶來賢者府時，怕生的她就像隻茫然無措的幼獸。那時一直細心照顧她、讓她順利融入賢者府大家庭中的人，柯特便是其中一人。

不同於其他護衛的不苟言笑，柯特性格樂觀，也很喜歡小孩子。他看出喬恩來到陌生環境的不適應，因此總是對孩子特別照顧。

雖然在沈夜被誣衊叛國時，柯特曾與他們有過短暫的對立。可是沈夜在事後向喬恩解釋，那是因爲彼此立場不同，因此那件事並沒有影響喬恩對柯特的喜愛。

小女孩的聲音洩露了她所在的位置，而賢者府的小孩就只有一個，那就是亞伯勒他們此行的目標——沈夜收養的女孩，喬恩。

亞伯勒等人聽到喬恩的聲音後，都露出驚喜的表情。原本以爲還要花費一些時間才能打探出喬恩的下落，現在卻是得來全不費工夫。

數名士兵朝喬恩衝去，賢者府護衛的人數不及歐內特斯帝國的士兵，猝不及防下，幾名士兵便衝破了護衛的防線，來到喬恩面前。

受到主僕契約控制，幾名安摩斯國的前紈褲子弟、現任的藥奴，一面發出「啊啊啊」的不明叫聲，一面異常奮勇地擋在喬恩身前。

可惜這些紈褲子弟並不擅武，別說保護喬恩，不被這些士兵宰掉就很不錯了。要是平常面對危險時，他們絕對是能躲多遠便躲多遠，可惜主僕契約卻不會管他們的意願，即使藥奴不能打，也把人硬拉來當主人的肉盾。

就在士兵們要把這些紈褲子弟斬瓜切菜地幹掉時，他們的攻擊卻被一把大劍掃開，隨即一道火柱更將那些被擊開的士兵燒成了焦炭，整個過程凶殘暴力，頓時所有人的目光皆被吸引住。

出手的人分別是一名高大強壯的戰士，以及一名有著俐落短髮的魔法師，正是雷班與漢弗萊。二人解決向喬恩出手的士兵後，便一臉焦急地看向小女孩：「主人！」

喬恩驚恐地看著變成焦炭的士兵，接著便被眼前殘酷的景象嚇得暈了過去。漢弗萊見狀，立刻扶住軟倒的喬恩，只是才剛扶起，便見孩子迅速推開了他的攙扶。

此刻孩子的臉上再也不見絲毫怯懦與驚惶，掃向亞伯勒等人的視線充盈著滿滿的惡意。

歐內特斯帝國的眾人不知發生了什麼事，他們無法理解爲什麼短短數秒內，這個小女孩給人的感覺便完全不同了。可是柯特等人卻知道喬恩又換芯子了，這麼凶狠的小模樣絕對是小黑！

「雷班，你留在我身邊保護我。漢弗萊，你去幹掉入侵者。」

在小黑的命令之下，便見雷班站立在孩子身前，高塔般的高壯身體把她緊緊護在身後，而漢弗萊則開始收割著敵人的性命。漢弗萊與賽婭一樣都是火系魔法師，在魔法師之中攻擊力較強，不過他並不擅長大型魔法，他的力量更適合像這樣的混戰。戰鬥中每升起一道火柱，便代表又有一名士兵被燒成了焦炭，這火焰彷彿是那些士兵最後的生命之光，既華麗又殘酷。

亞伯勒看到喬恩向雷班與漢弗萊下令時，便猜出這二人是侍奉藥劑師的藥奴。路易士明明是白銀戰士，卻身兼賢者府管家就算了，漢弗萊與雷班這兩名高手，竟然成爲一個小孩子的藥奴，實在令人感到震驚。

畢竟藥奴根本沒有人身自由，一切都掌控在主人手中，而且還經常得替主人試驗藥效。

拿高手來當藥奴試藥，這到底有多奢侈啊？

這個賢者府的人都有病吧？

漢弗萊的魔法攻擊讓歐內特斯帝國的人都懵了，然而這還沒完，就在漢弗萊放出了幾道視覺效果與殺傷力十足的火柱後，天空傳來一道充滿威嚴的鳴叫聲，隨即幾道風刃從雲層上方激射而來。風刃在幹掉兩名歐內特斯帝國的士兵後，風刃主人便從雲層間現身了，竟然是一頭罕見的獅鷲！

只見獅鷲拍動著翅膀穿過雲層，陽光在獅鷲羽毛鍍上一層燦爛的金色。獅鷲是一種神祕、美麗又危險的魔獸，亞伯勒早就知道沈夜有養一頭，方才在踏進賢者府時卻不見牠的蹤影，亞伯勒還有些失望，想不到這頭獅鷲卻在他們打得火熱時現身了。

雖然不是沒看過獅鷲的圖像，但直接面對真正的獅鷲，才能充分感受到這種魔獸的美麗與魅力。

亞伯勒看著殺氣騰騰、迎面飛來的毛球，看得兩眼都直了。此刻他心裡所想的，並不是該如何斬殺獅鷲，而是怎麼將這頭美麗又威猛的魔獸據為己有。

要是能擁有獅鷲當坐騎，那絕對是超有面子的一件事！

亞伯勒這麼想著，看向毛球的眼神便帶著赤裸裸的覬覦與志在必得。魔獸對人心本就有本能般的感應，能直接感受到人們對牠們抱持的到底是好意還是惡意。再加上獅鷲本就高傲得無法被人類收伏，亞伯勒那種將牠視作所有物的視線完全激怒了毛球，以致年輕獅鷲的攻擊都沖著亞伯勒而去。

毛球狡猾得很，每當歐內特斯帝國士兵做出了圍捕之勢，牠便立即飛離人們的攻擊範圍。這種你能打到我、我卻打不到你的狀況，無論任誰遇上都不會覺得愉快。久而久之士兵們都煩躁起來，可是不理會毛球呢，這獅鷲卻又像甩不掉的蒼蠅般糾纏著他們，實在煩人。

賢者府的戰鬥力大大超乎了亞伯勒的預料，原本像賢者這種舉足輕重的大人物，府裡的武力一定不會弱，但絕對沒有連管家都是白銀戰士、護衛全都是國家菁英級別這麼誇張。

而亞伯勒也可以看出，柯特這些護衛並不是沈夜所養的私兵，應是皇家衛兵級別的頂級高手。

先不說路卡竟然如此出手闊綽地把國家的高級戰力撥出來保護沈夜，光是沈夜願意讓皇家衛兵駐守在自己的府邸，就足以讓亞伯勒驚訝了。他就不介意自己的一舉一動都被路卡監視著嗎？

更變態的是，就連他養女喬恩的藥奴，竟然也是實力不錯的魔法師與戰士，這麼暴殄天物真的沒關係嗎!?

甚至別說毛球這頭就連亞伯勒也垂涎三尺的獅鷲，這個賢者府奢侈到這種程度實在太招人恨了！亞伯勒突然有些明白為什麼瑪雅一直看沈夜不順眼，明明與他無怨無仇，卻總想著要幹掉對方。

有了毛球加入，賢者府這邊與亞伯勒等人暫時鬥得旗鼓相當，誰都奈何不了彼此。一些沒有被護衛阻攔、往小黑衝去的漏網之魚，也被雷班阻擋下來，小黑無視身邊的槍林彈雨，逕自來到柯特身邊看了兩眼後，便果斷地往青年口中倒入一管顏色詭異的藥劑。

柯特此時全身只有眼珠子可以動，只得被動地任由小黑將藥劑灌進自己嘴裡。

這味道實在……柯特一輩子都沒有嚐過這麼難吃到無法言喻的味道！

雖然藥劑顏色詭異、味道難喝，可是效果卻很不錯。柯特雖短時間仍無法動彈，只能繼續在地上躺屍，可是臉上因中毒而蔓延的黑氣已開始退去，恢復正常也只是時間早晚。

而此時，阿爾文與沈夜等人也趕到了賢者府。

身爲小說的作者、創造出亞伯勒這個神經病角色的沈夜，很清楚這傢伙到底有多喜怒無常，而且常常任性得不顧大局，就只因爲一句「我喜歡」。

因此趕往賢者府的路上，沈夜一直膽戰心驚地擔心著亞伯勒會不會一個不高興，便把他的家連同裡面的眾人一起「砰」地炸飛。

幸好這只是沈夜多慮，當他們趕到時，賢者府依然還在，只是不少地方因打鬥而有所毀壞，就連大門都被鬥氣轟掉了。沈夜先前在庭院辛苦種下的一些植物也全被破壞殆盡，所幸溫室所在位置離戰場較遠，並沒有被波及。

沈夜面對著家裡的滿目瘡痍，卻反而放鬆了臉上緊繃的表情。對少年來說，東西壞了可以再修，人沒事就好。

亞伯勒看到阿爾文等人趕了過來，而喬恩身邊又有雷班等人護著，只得放棄了把女孩抓住來威脅少年的想法。反正有瑪雅的「湮滅之星」，沈夜他們也只得順著自己。

阿爾文他們加入戰局後，情況瞬間來了個大逆轉，變成歐內特斯帝國的人被圍攻的狀況。

沈夜想到瑪雅將那枚「湮滅之星」作爲護身符送給柯特的惡行，怕他們打啊打的時候亞伯勒一時想不開引爆它，到時大家就只好一起手牽手共赴黃泉了。於是少年立即出言阻止：「住手！大家先住手，有話好說！」

沈夜的話響起後，阿爾文等人雖略帶猶豫，卻仍未立即住手，因爲敵人根本不理會少年的話，直到亞伯勒讓士兵們停下來，雙方人馬這才停手，但仍是各自劍拔弩張地互相戒備著。

「亞伯勒陛下，你到我府上有何貴幹？」沈夜問。

亞伯勒看著被阿爾文保護在後方的少年，露出彷彿面對情人般的溫柔笑容：

「你知道的不是嗎？還是說，你在自欺欺人地裝作不知道？呵，要我再說一次給你聽嗎？」

亞伯勒這個瘋子，他笑得愈是溫柔便愈滲人。沈夜好想像言情小說的女主角那樣，摀住耳朵大喊「我不聽我就是不聽」，可是他怕亞伯勒突然心情不好，直接便引爆湮滅之星，把大家一起ＢＢＱ了。

這傢伙現在有湮滅之星在手，在沈夜眼中簡直就像一個瘋子手握核彈的開關，一個不高興便來個玉石俱焚。

自己創造的角色自己最了解，這種事情亞伯勒真的做得出來！

「你們只要別引爆湮滅之星，一切好說。說吧！你們想要什麼？」

沈夜的話一出，那些不知道湮滅之星存在的人都驚呆了。以湮滅之星的破壞力，要是眞的引爆，賢者府絕對會被夷爲平地，連灰塵都不剩。

而且賢者府所在的位置離城堡很近，也就是說，湮滅之星爆炸的話，不僅會毀掉賢者府，甚至還有可能會波及到城堡，要是路卡陛下正好處於湮滅之星的破壞範圍……

沈夜不知該不該慶幸，好險傑瑞米並沒有與他們一起回到皇城。至少他們這些人全都死翹翹的話，還有傑瑞米這個倖存的皇族可以接手國事，讓艾爾頓帝國不至於滅亡。

然而事情不到最後，誰都不想死啊！因此現在沈夜要做的，便是盡力穩住亞伯勒，讓事情和平解決！

雖然很不爽，可是對方握有湮滅之星，他們做了這麼多努力只怕還是無法拿下這位歐內特斯帝國的皇帝了。

亞伯勒聽到沈夜的話，知道少年對他們有所顧忌，於是滿意地瞇起雙目，道：「很簡單，只要放我們走，並允諾往後不再追究我們破壞停戰協議、偷襲艾爾頓帝國就好。」

阿爾文聞言，一臉不甘，卻不得不應允下來：「我代表艾爾頓皇室應允你的要求。」

青年不情不願、卻只能被自己牽著走的模樣，大大取悅了亞伯勒，只見男子得寸進尺地說道：「現在我們身處敵陣，你們口頭上的允諾對我們並沒有保障。我們歐內特斯帝國有一種血脈魔咒，能以魔法保障誓言，若是打破誓言，那麼被下了血咒的人便會立即死亡。」

亞伯勒說到這裡，把不懷好意的眼神投至沈夜身上：「我想，就讓我與賢者大人訂下血咒好了。」

Chapter 9 陰錯陽差

這就是亞伯勒打的如意算盤。沈夜會在乎賢者府內人們的性命，可是路卡則未必。但以他所知，路卡對沈夜還是很在乎的。

於是他把阿爾文這些追兵引來了賢者府，畢竟若是先前剛到便引爆湮滅之星，眾人只得死在一起，而現在阿爾文他們爲了保住性命，只得投鼠忌器。

至於亞伯勒告知沈夜湮滅之星的存在，也是想看看對方會不會爲了賢者府的人而追上來。結果對方眞的明知危險仍跟著落坑，這對亞伯勒來說實在是意外之喜，只能說這少年的心腸還眞是太軟。

亞伯勒只可惜沒有成功抓住喬恩，不然在沈夜面前將孩子折磨一番的話，這個心軟的少年說不定立即便應允他的條件了。

至於爲什麼亞伯勒選擇訂下血咒的人是沈夜而非阿爾文，也是因爲亞伯勒覺得沈夜比較好說話，比阿爾文更容易受自己操控。

何況亞伯勒登上皇位的第一件事，便是殺死自己所有的兄弟姊妹，確保皇位不會被動搖。

因此將心比心，亞伯勒認爲路卡與阿爾文一定不像他們表現出來的關係那麼好。要是他與阿爾文立下了血咒，說不定路卡還很高興一起弄死他們呢！

只能說亞伯勒腦洞大開，已腦補了一連串艾爾頓皇室的恩怨情仇。

而沈夜就不同了，這少年心腸軟又容易掌控，最重要的是他很能幹，對國家很有用處。要是訂立血咒的人是他，亞伯勒有信心路卡會選擇讓步。

沈夜還未回答，阿爾文已經斷然出言拒絕：「不行！」

阿爾文說完後頓了頓，似乎怕刺激到亞伯勒這個瘋子，於是便補充：「我們也不知道你們說的湮滅之星是真是假，說不定你們只是在唬人呢？」

亞伯勒挑了挑眉，隨即看向瑪雅。

此時一直躲在亞伯勒身後、試圖減低自己存在感的瑪雅，頓時吸引所有人的目光。在艾爾頓帝國眾人鄙夷的眼神之下，瑪雅深吸了一口氣，道：「我送給柯特的那枚護身符，裡面正藏著一枚湮滅之星。你們都知道柯特有多迷戀我，我送給他的東西他不會不戴在身上的，所以湮滅之星絕對在賢者府沒錯！」

柯特聽到湮滅之星的來歷竟是那枚護身符，瞬間瞪大雙目，只覺得心痛得快要不能呼吸。他把自己最真摯的感情獻給少女，可對方卻對這份感情嗤之以鼻，將他對她的信任毫不留情地踩在腳底。

柯特張開嘴彷彿想說什麼，可惜現在他藥效未退，只能發出模糊的聲音。可是大家都能從他眼中看到難過與失望。

阿爾文看到瑪雅與柯特的互動，已經開始動搖，但仍皺起了眉頭道：「我們必須檢查一下柯特的護身符，看看你們說的是否屬實。」

亞伯勒微笑道：「不。」

「要是不檢查清楚，我們怎能確定你們說的是真是假？」

「你們可以不相信，反正到了這個地步，我已存死意。到時我就引爆湮滅之星，大家一起同歸於盡。」亞伯勒說得輕鬆，一副「一言不合就死給你看」的模樣。

「就當你們說的話是真的，可是我們不可能讓小夜與你立下血咒。」阿爾文仍是不肯退讓。

「那就同歸於盡吧。」

阿爾文：「……」

面對頑固任性的亞伯勒，阿爾文還眞完全拿對方沒辦法。不停被人以「同歸於盡」來威脅，聽起來特別火大，就不能換個詞嗎？還能不能愉快地玩耍了!?

最恐怖的是，他們知道亞伯勒並不是說說而已，同歸於盡什麼的，這傢伙眞的做得出來啊！

相較於亞伯勒那種死一死也無所謂的態度，除了那些完全忠於亞伯勒的歐內特斯士兵們，瑪雅的表情卻變得很難看。

她完全不想死呀！

在亞伯勒多次認眞提出要同歸於盡後，少女下意識後退了幾步、遠離亞伯勒，手緊張地抓住衣領。此時她萬分慶幸自己堅持沒把控制湮滅之星的鑰匙交給亞伯勒，她一點都不想與這個瘋子同歸於盡！

根據小說的內容，瑪雅嫁給了阿爾文、順利當上皇后，自然也就沒有湮滅之星這一齣戲了，因此沈夜並不知道對方到底把湮滅之星的鑰匙藏在哪裡。

然而沈夜身爲瑪雅的「創造者」，可以說是最了解她的人。少年知道瑪雅一定不會把鑰匙交給亞伯勒，而是會將它貼身藏好，並且放在觸手可及、外人不會留意的地方。

當沈夜看到瑪雅下意識緊握著衣領的動作時，頓時心頭一跳，對阿爾文小聲又急促地說道：「就是它！我猜衣領那枚鈕釦就是鑰匙！」

沈夜說這番話時故意壓低了聲量，就只有阿爾文，以及護在他身邊的伊凡與賽婭聽得到他說的話。伊凡聞言道：「我去，掩護我。」

原本打算動手的阿爾文立即止住腳步，身爲刺客的伊凡是他們之中動作最快、藏身能力最好的，要是其他人動手，要從瑪雅手中奪過鈕釦並不難，但難的是防止少女在察覺情況有異時引爆湮滅之星，因此讓伊凡出手是最妥當的做法。

於是阿爾文便繼續分散亞伯勒的注意，更在與他爭議時故意用言語刺激對方。果然，當亞伯勒再次提及要「同歸於盡」時，瑪雅下意識又護著鈕釦，並且後退了兩步，離亞伯勒更遠了些，彷彿深怕下一秒對方便會奪走她賴以保命的東西，然後大家一起同歸於盡。

就在瑪雅因亞伯勒的話而頻頻退後之際，不知何時來到她身後的伊凡揮動匕首，刀刃劃向瑪雅抓住衣領的手背，少女的手頓時出現一道血花。

感到痛楚時，人的自然反應便是退縮，瑪雅也不例外地鬆開了原本緊握衣領的手，露出了衣領上的一枚寶石鈕釦。

伊凡正要奪去鈕釦，然而瑪雅在鬆手的同時，連帶拔起了鈕釦——飛在半空的寶石鈕釦朝著亞伯勒飛去，結果亞伯勒一伸手，鈕釦便陰錯陽差地落在了他的手裡。

知道鈕釦祕密的沈夜等人，看到鈕釦落到亞伯勒手中，頓時膽戰心驚，深怕對方下手不知輕重，一不小心觸發了鑰匙。

看著亞伯勒饒富興味地研究著鈕釦的模樣，沈夜都快哭了。

怎麼裝置最後來到最麻煩的人手上啊？

我一點都不想與他同歸於盡！

這次事情結束後，誰向沈夜說「同歸於盡」四個字，他便與誰翻臉！

都已經聽這四個字聽出陰影了！

「這枚鈕釦，難道就是能控制湮滅之星的鑰匙？」亞伯勒一面把玩著手中的鈕釦，一面詢問臉色刷白的瑪雅。

或許因爲保命符沒了，又或者被七首劃破的手背很痛，按著傷口的瑪雅臉色變得很難看，蒼白虛弱的模樣看起來更是楚楚可憐。可惜在場的人都知道她是個怎樣的角色，誰都不會因此對她多有憐憫。

瑪雅面對亞伯勒的詢問，毫不猶豫地答道：「當然不是，這只是一枚普通的鈕釦。」

亞伯勒試探地把鈕釦按了按又扭了扭，並沒有發現任何開關。亞伯勒下手很乾脆，沈夜他們都快被嚇死了，就怕男子一個不小心便引爆了湮滅之星。

亞伯勒邊試探著手中的鈕釦，邊觀察著瑪雅的表情，發現少女神情非常鎮定，顯然是自己試探的方法並不正確。他想了想，於是笑道：「這眞的只是枚普通的鈕釦嗎？」

瑪雅頷首道：「當然，我又怎會騙陛下呢？」

亞伯勒道：「既然如此，這鈕釦也沒有用處，我就把它毀掉吧。」說罷，男子便作勢要捏碎手中的鈕釦。

此時，一直力圖淡定的瑪雅終於變了臉色，高呼著阻止亞伯勒突如其來的舉動：「住手！這、這鈕釦的確是用來啓動湮滅之星的鑰匙。只要破壞它，湮滅之星便會立即被引爆！」

亞伯勒原本只是打算嚇嚇瑪雅，畢竟要是這東西眞是湮滅之星的鑰匙，那便是他們談判的籌碼，瑪雅也一定不會讓他毀掉鈕釦。想不到剛剛的舉動還激得她說出啓動鑰匙的方法，實在是意外之喜。

既然得到了湮滅之星的鑰匙，那麼瑪雅就沒有用處了，現在便是亞伯勒秋後算帳的時候。

雖然沒有瑪雅背叛的證據，不過光憑她將湮滅之星隱瞞不說的舉動，便足以讓亞伯勒感到不爽，進而判她死刑了。

瑪雅知道亞伯勒不會放過自己，可是卻想不到對方在這種被敵人包圍、劍拔弩張的狀態下還會向她動手。因此當亞伯勒一劍刺向她左胸時，瑪雅完全來不及閃躲，睜大的雙目滿是詫異。

亞伯勒面無表情地拔出插入少女胸口的長劍，沒了支撐的瑪雅軟軟倒在地上，鮮血染紅了一地。

亞伯勒看都不看地上的少女一眼，若無其事地握著湮滅之星的鑰匙，轉向阿爾文與沈夜：「那麼，我們繼續先前的話題……」

眾人雖然驚訝於這個狗咬狗的神展開，可是在自身生命受到湮滅之星的威脅下，也沒有太多心力去顧及瑪雅的生死。而亞伯勒方才那一劍毫不猶豫地直接刺穿了瑪雅，就連眼角餘光也不施捨給她。

這卻讓瑪雅幸運地苟延殘喘，她躺臥在地，只覺得胸口痛得快要不能呼吸，隨著鮮血的流失，身體變得愈來愈冷，等待死亡的感覺讓她難受得快瘋了，想不明白自己爲什麼會是這種下場。

明明她出身高貴，也這麼地努力，應該成爲人上人才對，而不是現在這樣身受重傷、躺在地上等死，而四周的人更是連看都懶得看她一眼。

瑪雅眼中的痛苦與恐懼，漸漸被仇恨取代。她想要報復這裡所有人的心情如此強烈，甚至蓋過了對死亡的恐懼，以及重傷垂危所帶來的痛苦。此刻瑪雅的心裡，只有不管不顧地想要將所有人一起拉入地獄的衝動！

就在雙方人馬繼續進行談判之際，被所有人忽略、以爲已經死了的瑪雅突然用盡全力揮出一道風刃。

身爲錫德里克家族的千金，瑪雅從小便接受魔法訓練。雖然她在這方面沒有多少天賦，實力在亞伯勒他們面前不值一提，可是誰都想不到她會突然「復活」，根本沒人會提防她。所以瑪雅在這生命盡頭拚盡一口氣所做出的偷襲，竟然成功地在這麼多人的注目下擊中了目標！

瑪雅看著亞伯勒手中的鈕釦被風刃擊碎，眼中閃動著怨毒的笑意。很快所有人都會爲她陪葬，眞好……

沈夜看到湮滅之星的鑰匙被破壞的瞬間，整個人都懵了。亞伯勒明明刺穿了瑪雅的心臟……不！正確來說，亞伯勒刺穿了瑪雅的左胸……難道、難道瑪雅是少見的心臟在右邊的人嗎？

這……這就是命運？命運的慣性仍要把眾人帶回死亡的軌道上？

難道他努力了這麼久，還是無法讓阿爾文逃過死亡的命運嗎？

不僅阿爾文，路卡、賽婭、伊凡、喬恩……這些原本在小說中應該死去或不存在的角色，沈夜以爲自己已將他們帶離了死亡的陰霾，最終卻是功虧一簣？

難道命運眞的無法被改變？

既然如此，他一直以來的努力到底算什麼!?

隨即沈夜便想到他還能利用失落神殿轉移到其他地方避過爆炸，雖然以他現在的距離，要帶所有人離開根本不可能，但能救一個是一個！

沈夜立即向離自己最近的阿爾文伸出了手……

鑰匙被毀，湮滅之星迅速啓動。如果沈夜只顧著自己離開，也許還有逃走的可能，可是他多花了幾秒伸手抓住阿爾文，便錯過了逃離的時機。

瑪雅那一擊魔法用光了她最後的體力，少女閉上雙目，忍著痛苦，等待著下一秒所有人陪同她灰飛煙滅。

然而賢者府這裡什麼事情都沒有發生，反倒在遙遠的地方傳來了一陣強大的爆炸巨響！

瑪雅頓時瞪大雙目，她知道那是湮滅之星啓動了，但爲什麼爆炸位置離賢者府這麼遠？

此時失血過多的瑪雅已是瀕死狀態，視線模糊得看不清楚東西了。但她看不到不要緊，在場的人自會爲她解說。

「等等，那個方向……」

「嗯，你也察覺到了嗎？」

「如果我沒有弄錯的話，那個方向是錫德里克家族在皇城的府邸……」

「果然！我也是這麼覺得！」

「該不會湮滅之星在錫德里克家那裡吧？」

此時眾人都處於大難不死的喜悅，以及搞不清楚狀況的訝異中，誰都沒察覺到只剩一口氣的瑪雅，在聽到眾人討論後硬生生吐出一口血來。

沈夜好一會兒才從劫後餘生的狀態恢復過來，他聽著眾人的討論，又一臉問號地看向眾人之中應該最清楚湮滅之星去向的人——柯特。

此時愈來愈多人想起柯特是佩戴著湮滅之星的人，可是湮滅之星卻沒有在這裡爆炸，於是眾人皆不約而同地將視線投在柯特身上，希望能從他口中獲得答案。

雖然不用死是很高興啦，但他們眞的非常非常好奇吶！

此時服下解毒劑一段時間、已緩過來的柯特終於可以開口說話了。雖然他說得緩慢又吃力，但眾人在八卦之心燃燒之下，還是捺著性子聽他解釋：「瑪雅把那枚護身符送給我不久，便向我表示她喜歡的人是路卡陛下。失戀後我覺得很難過，賢者大人便安慰我要往前看，要是真的決心放棄這段感情，那還是斷乾淨比較好，繼續將女生送的護身符戴在身上就不太恰當了。我覺得賢者大人說的很有道理，於是便決定把護身符送還給瑪雅，只是我登門拜訪時她正巧不在家，便交給錫德里克家的管家代為轉交。」

聽到這裡，眾人都明白了。也許是那名管家忘了轉交護身符，又或者瑪雅因接下來艾尼賽斯伯爵死亡、繼承爵位等事而陷於忙碌中，因此未有心思理會柯特到底交了什麼東西給她。

所以在瑪雅這個始作俑者不知情的狀況下，這枚要命的湮滅之星再次回到她的手裡。

總而言之，就是瑪雅給柯特挖了個坑，把湮滅之星當作護身符送給他，順道騙騙人家純情青年的感情好方便行事。結果青年沒有用處後便一腳把人踹開，卻不知道失戀的柯特已經走出了陰霾，還把他視爲定情信物的護身符送了回來。

於是當瑪雅引爆湮滅之星時，便把自己的家炸飛了……

以湮滅之星的破壞力，留在錫德里克府邸的人只怕無一倖免了吧？

幸好錫德里克家族是艾爾頓帝國的老牌貴族，在皇城的府邸雖不是主宅，可是爲了彰顯他們的貴族氣派，府邸佔地甚廣。因此這場爆炸應該只有錫德里克府被毀，附近平民應該不會受到波及。

今天是瑪雅繼承爵位的日子，錫德里克家族的人理應要出席才對。可是瑪雅利用各種理由阻止家族的人出席，把人全都留在府裡。

現在回頭一想，瑪雅大概是擔心歐內特斯帝國的人闖入城堡時，家族的人會受到波及，因此才故意不讓他們留在府邸，安然度過這場政變。結果一番好意，卻反讓錫德里克家族因此滅絕。

眾人想到瑪雅親手將錫德里克家族推向滅亡，便覺得命運眞的很玄妙。做人還是心存善念得好，畢竟誰知道自己的惡意，何時會報應在自己親人身上呢？

大家向瑪雅投以同情的目光，這才發現她不知何時已然斷氣了。

這個出身高貴、長相清麗的少女，曾是帝國內眾多青年的夢中情人。然而最後卻被揭發是敵國間諜，死前更是親手將錫德里克家族推向地獄的深淵。

看著死不瞑目、面容猙獰的少女，眾人只覺得一陣唏噓。

就在所有人都被瑪雅的死亡吸引了注意之際，亞伯勒出乎意料地突然朝阿爾文發難！

原本大家都以爲亞伯勒失去了談判籌碼，就只能束手就擒。想不到他就是不按牌理出牌，讓所有人一時反應不過來。

阿爾文看著亞伯勒迎面而來的劍芒，已感受到對方鬥氣的炙熱，雙目更是被劍芒刺得張不開眼。此時他感到一雙手臂緊緊抱住自己，原本想要掙扎的動作不知爲何停了下來，彷彿本能般，他下意識覺得絕不能推開這個抱住他的人。

下一秒，阿爾文便感到強烈威脅生命的危機感消失了，而原本刺得他渾身炙熱的鬥氣也同時消失無蹤。

阿爾文立即睜開雙眼，便迎上了依然緊抱著自己的沈夜，那雙彷如黑夜般的眼眸。少年一臉劫後餘生地說道：「太好了，我眞怕剛剛來不及……」

此時他們已身處於失落神殿中。

阿爾文看著沈夜，給人冰冷感覺的銀灰色眸子溫和得不可思議。

即使不知道是否來得及傳送離開，小夜他選擇的並不是逃離危險，而是義無反顧地朝自己撲過來呢！

阿爾文心裡充滿溫暖的感覺，後怕萬分的沈夜卻沒有察覺到對方心裡的感動，依然邊碎碎唸邊慶幸：「幸好我還留下一次傳送的機會呢，不然這次不知道該怎麼辦……」

沈夜是眞的被嚇得夠嗆的，本以爲解決了湮滅之星的威脅便能迎來Happy Ending，想不到阿爾文還有一個死劫在等著他！

「小夜，你先把我放開。」阿爾文哭笑不得地說道。

沈夜這才發現自己還緊緊抱住阿爾文，連忙尷尬地把人放開。阿爾文揉了揉沈夜的頭：「乖。」

沈夜：「……」爲什麼阿爾文對這種幼稚逗他的舉動總是樂此不疲？這到底是怎樣的惡趣味!?

阿爾文看到沈夜要炸毛了，適時地移開話題：「那邊不知道鬧成怎樣了，我們回去吧。」

沈夜果然立即被阿爾文轉移了注意力，呆呆地說了聲「好」，便拉著阿爾文的手往前走了幾步，消失的二人便再次出現在賢者府裡。

Chapter 10
嶄新的道路

爲了避免自身能力曝光，沈夜並沒有在原地出現，而是多花了點心思，與阿爾文一起傳送至賢者府其他地方後，再趕回兩方對峙的地點。

此時連同亞伯勒在內，歐內特斯帝國的人已被伊凡等人抓住，看到阿爾文與沈夜平安無事地回來，伊凡等人總算鬆了口氣。原本傑夫他們還想暴打亞伯勒一頓洩忿，現在看到沈夜二人沒事，這才放棄這個暴打敵國皇帝的壯舉。

湮滅之星被毀，亞伯勒等人失去了談判籌碼，然而湮滅之星爆炸時的神轉折，以及瑪雅自作自受的那場精彩戲碼，似乎讓亞伯勒看得很痛快，這位皇帝龍心大悅，一點都不見沮喪。甚至在嘗試殺死阿爾文失敗後，亞伯勒也不繼續搞怪了，乖乖地束手就擒。

亞伯勒並不擔心路卡會殺他，畢竟歐內特斯帝國與艾爾頓帝國不同，雖然亞伯勒登基後殺光了自家的兄弟姊妹，可是皇室還是有一些比較疏離、對亞伯勒完全沒有威脅的成員，被他圈養在皇城內。

要是殺死亞伯勒，那歐內特斯帝國頂多再扶持一位新的皇帝。但若是讓他活著，艾爾頓帝國所獲得的利益反而會更多。

這世上沒有永遠的敵人，路卡是個聰明人，即使他此行是前來取年輕皇帝的性命，但他有信心以路卡的聰明與理智，並不會感情用事，而是會留下自己的性命，將獲得的利益最大化。

因此亞伯勒只要神閒氣定地等著艾爾頓帝國這邊與他周旋、交易一番後，把他遣送回國就好。

原本以爲已經沒自己什麼事的亞伯勒，卻在被捕後不久被路卡接見，而對方提出了一個他始料未及的要求。

「聽說貴國皇族都擅長使用血咒呢！不知我是否有幸見識一番？」

亞伯勒聽到路卡的話，神色頓時變得十分難看。他當然不會天眞到誤以爲路卡是願意被自己的血咒操控，那麼對方這番話顯然是要利用血咒來操控他了。

男子以爲只要付出一些代價便能回國，想不到路卡竟提出這種要求。他用血咒來操控別人時並不覺得怎樣，可當自己變成被下咒的一方時，便覺得受到了侮辱，頓時「同歸於盡」四個字再次閃現他腦海中。

可惜亞伯勒現在已沒有與路卡同歸於盡的資本，雖然他並不怕死，可要說到不甘受辱而自殺，卻又未到那種程度……

然而血咒是個會禍及子孫的魔咒，不僅被施咒的人性命掌握在他人手裡，只要是被施血咒之人的血脈，也同樣受到魔咒的影響，直至血脈被沖淡到一定程度爲止。

路卡看出亞伯勒的不情願，他笑了笑，漫不經心地說道：「聽說亞伯勒陛下你的兄弟姊妹都不在了，血緣最近的血親是你的表兄對吧？如果你出了什麼事，繼承皇位的人應該便是他了。現在你受困敵國的消息已傳去歐內特斯帝國，那一位說不定正祈求著你最好永遠留在艾爾頓帝國不要回去呢。不過說起來，相較於亞伯勒陛下你的英明神武，那位的能力卻顯得平庸得多。要是讓他取代了你的地位，就連我這個外人也爲你感到不甘呀！」

雖然知道路卡是在挑撥離間，可是對方這番話卻是說到亞伯勒的心坎了。他之所以願意讓這個表哥活著，並不是雙方有什麼情誼，只是因爲看不起他，深信對方掀不起任何風浪。

讓一個自己看不起的人接收自己的東西，亞伯勒光想便覺得心裡反感。

見亞伯勒一副活像吞了蒼蠅般的表情，路卡心裡暗暗好笑，知道對方已經被他說動了。

良久，亞伯勒衡量過得失後，略微放緩緊繃的表情，說道：「我國皇族向間諜們所施放的血脈魔咒，是讓對方及其血脈繼承的性命都掌握在施咒者手裡。施咒者能隨意啓動魔咒，對於被下了血咒的人想殺就殺。這種血咒我是絕不會應允的，可是我可以以誓爲咒，在下血咒時以誓言爲根本，除非我違背誓言，否則你無法任意啓動血咒，如何？」

亞伯勒已經想通了，只要路卡提出的要求不太過分，至少不會比讓他表哥取代自己的地位還要反感的話，那他就勉爲其難地答應吧。

而且亞伯勒這次實在被路卡的話噁心到，還想著回國後要迅速找個女人大婚，生下兒子後便幹掉剩餘的皇室成員，尤其是他那個表哥！

在歐內特斯帝國得知了亞伯勒身陷敵國的消息，正暗自高興著祈求對方死在外面的表哥，完全不知道自己的名字已被記在亞伯勒的小本本裡。

還眞是「人在家中坐，禍從天上來」啊！

「可以，那你就發誓絕不侵犯艾爾頓帝國，也不會主動、或放任下屬做出任何惡意損害本國利益的事。」

沒有割地賠款、也沒有獅子大開口地要求任何不合理的賠償，路卡的要求合理得不可思議，這讓亞伯勒心裡的天平完全傾向答應路卡的要求了。

雖然向自身施以血咒實在很沒面子，不過要是路卡的要求只是這些的話，那倒不是不能接受……

路卡這麼好說話，亞伯勒反而有些不敢置信。畢竟這個看起來溫文爾雅的青年，在他心中一直是頭笑面虎啊。於是他再確認道：「就只有這些？」

「只有這些。」

面對路卡確定的答案，亞伯勒猶豫片刻後終於點頭。

路卡嘴角的弧度頓時揚了幾分：「那就好，那請亞伯勒陛下告訴我有什麼需要準備的東西，我們會盡量滿足你的需求。如果事情準備妥當，我便帶兩名心腹與你一起簽訂血咒。」

「等等！不是只有你與我簽訂血咒嗎？還要加上兩人!?」在亞伯勒眼中，人是有分階級的，而路卡則是與他同等級的「高等人」。如果與路卡簽訂血脈魔咒，自身性命由他支配的話，亞伯勒還能勉強接受。然而換成其他低賤的人，他便無法忍受了。

路卡彷彿早已猜到亞伯勒的抗拒，不慌不忙地說道：「當然，要是你回國後再派人暗殺我那怎麼辦？血咒須要發動才有作用，我要是在反應不過來時被殺，那豈不是便宜你了嗎？」

「……」亞伯勒還眞有過這種想法。

路卡續道：「至於爲什麼除了我還要多添兩人，自然是因爲這樣比較保險。不然你們把人全都殺掉，又或者將他們收賣，那血咒不就等同於無效了？」

「……」亞伯勒已不知該說什麼才好，只能說路卡說的眞是有道理，他竟然無言以對。

□

最終亞伯勒還是答應了路卡的要求，讓路卡與他所選定的二人在他身上施加血咒。

爲免亞伯勒鬧情緒，路卡並沒有打算將事情大肆宣揚。即使在施加血咒時，也只有路卡、阿爾文與沈夜，以及那兩名與亞伯勒訂立血咒的人在場，給足了亞伯勒的面子。

路卡選擇的人都是他信得過的心腹，而且皆爲二十多歲的年輕人。雖然血咒是跟隨血脈繼承，假設路卡死亡，他的後人也會繼承這個魔咒，並能對亞伯勒的後人有所約束。可畢竟將來的事誰說得準呢？路卡連他們三人可能不會有子嗣的假設都想好了，要是他們沒有後代，那比亞伯勒早死不就吃虧了嗎？

爲了將約束亞伯勒的血咒做最大的利用，路卡挑選的兩名青年如無意外，一定都不會比亞伯勒早死。亞伯勒也一眼看出路卡的打算，對此只能表示無奈了。

這二人自然對艾爾頓帝國是忠心的，另外爲免他們出意外，像是被亞伯勒派人暗殺等等，路卡選的都是久居皇城的人。因此那些忠心、武力值又高，可是卻經常上戰場殺敵的將軍等人，便不在路卡的選項之中。

這兩名青年，其中一人是大臣之子，他的家族是帝國中堅的保皇黨，全家上下都對路卡忠心耿耿；至於另一名人選則讓沈夜感到十分意外，竟是他的管家路易士。

不過後來沈夜想了想，路易士的父親萊夫特身為城堡總管，管理著路卡的衣食住行，自然是路卡非常信任的人。而他的兒子能被派來為沈夜管理府邸，其忠心與能幹自然也是毋庸置疑的。

無論路易士會一直當賢者府的管家，還是將來待萊夫特退休後繼承他城堡總管的工作，青年都不會離開皇城了。而且路易士還年輕，完全符合路卡的條件。

訂立血咒的過程並不複雜，最重要的是歐內特斯皇族的鮮血，以及他們代代相傳的咒語。在施行血脈魔咒前，路卡還讓那名大臣之子（後來沈夜才知道對方是一名對魔咒很有天賦的咒術大師）確認魔咒的眞僞與安全性，以防亞伯勒從中下黑手。

當血咒完成後，路易士他們頓時與亞伯勒有了一種奇特的聯繫。只要亞伯勒違背他的誓言，他們一動念便能將對方殺死。

亞伯勒顯然很不喜歡這種狀態，現在已經有些後悔了。可是事已至此，他並不是那種會糾結於過去、讓自己不開心的人，反而把心裡的鬱悶與怒意全都遷怒給他人。

被傑瑞米與布倫丹聯手打得哭爹喊娘的巴德，因爲戰事失利而在歐內特斯帝國內威望大跌，再加上亞伯勒被抓住的消息傳回帝國後，這主僕二人簡直成了帝國的奇恥大辱。

那些被亞伯勒圈養著的皇族趁機活蹦亂跳地作怪，只差沒有赤裸裸地直說不要接亞伯勒回國，讓他死在外面好給他們讓位，害巴德一個頭兩個大，迎回亞伯勒的外交工作受到諸多阻礙。

當亞伯勒成功回國後，對於艾爾頓帝國爲什麼會輕易放他回來一事三緘其口。在殲滅了一些在他離開後不聽話的勢力後，那些不安分的人全都不敢作聲了，歐內特斯帝國迅速又變回了亞伯勒的一言堂。

隨即亞伯勒更在歐內特斯帝國的皇族祖訓中，加上了「永不可與艾爾頓帝國爲敵」這一條。

這祖訓只在每任皇帝繼任時才會得知，雖然往後每名歐內特斯帝國的皇帝都不明白祖先爲什麼會有這種奇怪的祖訓，可那時他們的國力早已被艾爾頓帝國遙遙領先了，即使沒有這條祖訓，也不敢生出任何與對方敵對的心思。

因此這條奇怪的祖訓，便一直被歷任歐內特斯帝國的皇帝一代代地傳承下去。

□

歐內特斯帝國的陰謀被打破，對方利用間諜先陷害賢者大人叛國，然後還趁著帝國高層眾首一堂的機會改裝傳送陣入侵城堡，想來個一網打盡。

幸好歐內特斯帝國的奸計最終沒有得逞，不僅折損了大量兵力，就連帝國的皇帝都被他們抓起來。

另外，人民還驚悉原來歐內特斯帝國的陰謀早有先兆，而因叛國罪名離開國家的傑瑞米親王，竟是自願揹負罵名前往歐內特斯帝國調查。

這全靠傑瑞米親王查出了錫德里克家族的間諜身分，還有沈夜帶著這份罪證到城堡將其公開，可憐的路卡陛下這才沒有繼續被瑪雅欺騙，最終眾人合力度過這場劫難，讓事情完滿落幕。

能有這麼圓滿的結果，傑瑞米與沈夜功不可沒。一些之前因爲不齒二人叛國行爲、曾罵過他們的人心裡歉疚，在二人的府邸前放上了道歉的小禮物。不出兩天，他們府邸的大門便被各種奇奇怪怪的東西所佔據，有人還用巨石刻了二人的雕像，也不知道那麼重的雕像是如何被抬到大門前的。

雖然錫德里克家族已經玩完，最終灰飛煙滅，但這個家族的罪行還是被公開。人民看到這一項項謀害忠良、通敵叛國的證據，恨不得將瑪雅與艾尼賽斯伯爵的屍骸挖出來再剉骨揚灰了。

不少與錫德里克家族狼狽爲奸的家族，以及一些歐內特斯帝國安插的間諜，都在此次事件中被抓捕，帝國迎來了一場大清洗，其中不少間諜與瑪雅他們一樣，已潛伏在艾爾頓帝國一段頗長的時間，只是地位沒有錫德里克家族來得高。

雖然這場清洗讓帝國人心惶惶，不少官職還因此而懸空了。但這也只是暫時性的，在官場清出了一些位子後，路卡便提拔了一些能做實事的年輕人上位，趁機進行了一場大換血，倒是爲帝國注入了新的活力。

沈夜聽說亞伯勒回國後便迅速大婚，接著很快造人成功。當歐內特斯帝國的小皇儲出世後，亞伯勒便殺光了其他擁有皇族血統的人。似乎先前皇位差點便宜他表哥一事，眞的刺激到他。

以現實面來看，歐內特斯帝國讓亞伯勒的兒子來繼承，對艾爾頓帝國來說是最好的。畢竟亞伯勒身上的血咒，會隨著血脈而傳承至他兒子身上嘛！

沈夜在心裡爲那些人點了根蠟燭，便不再關注那邊的事了。

現在沈夜再次成爲人人敬重的賢者大人，而且人們對他的敬仰比以往更高。也許因爲官員被路卡換了一批，又或者眾人確實感受到沈夜在帝國中無可取代的地位。沈夜發現他現在推行政策時，受到的阻力明顯變小了。

雖然改變一個國家並不是一朝一夕就可以做到，可是沈夜已決心與路卡及阿爾文他們一起，一點一點地實踐著他們的抱負。

這次危機解決後，傑瑞米只回來過皇城一次，很快便再次出發前往邊境，繼續當他的帝國守護神。

現在艾爾頓帝國不是處於戰爭時期，理論上傑瑞米身爲皇帝陛下的皇叔，身分高貴，應是用不著他親自前往邊境駐守。可是傑瑞米不理會他人的阻勸，毅然赴往那環境艱辛的邊關。

沈夜聽說，在傑瑞米回到皇城的那段短短日子裡，找出了當年他讓人刺殺仍是小皇子的路卡與阿爾文時，那些被牽連殺害的無辜下人的家屬，向對方家裡提供了不少幫助，沈夜便隱隱猜出了傑瑞米的想法。

他在贖罪。

雖然嚴格來說，傑瑞米只是向歐內特斯帝國透露出兩名小皇子的行蹤，那些殺手的出現及下人的死亡都與他無關，可是一直活得坦蕩的傑瑞米卻過不了自己內心那關。

對於那些下人，傑瑞米是歉疚的。

也許在一般上位者心裡，這些他們一不高興便能隨意斬殺的下人，性命根本就與螻蟻無異，死了就死了，可是傑瑞米卻不是這麼想。長年於邊境作戰的他，身邊出生入死的兄弟大多是平民出身，因此傑瑞米做不到像一般上位者那樣，漠視他們生命的事。

傑瑞米一直活得磊落，可惜卻被怨恨蒙蔽了雙眼。現在眞相大白後，心裡的陰霾沒了，只剩下滿腔的歉疚。

只是死者已矣，傑瑞米給再多的幫助，也無法挽回逝去的生命。因此他只得盡力對死者的家庭提供協助，同時前往邊境，繼續守護著帝國的安危。

路卡雖然想讓傑瑞米留下來，可是最終仍對自家皇叔的選擇表示理解與尊重。現在雙方已經冰釋前嫌，他們彼此是世上僅存的親人了，這親密的關係並不會因爲距離的遠近而有所影響。

當帝國再次恢復平靜後，沈夜便繼續他的各種工作。沈夜被誣陷叛國至今，不少工作因此堆積起來，雖然少年只是提供一些想法與點子讓各大臣自行研究，他只扮演領頭羊的角色，工作理應不會太繁忙。可是事情累積一久，手下的每樣事情多問沈夜兩句，加起來也足夠少年心煩了。

在沈夜總算處理好手上的事情後，才驚覺國家的一連串改革已塵埃落定。不少間諜落網、高官下台，上層大換血，說是十級地震也不爲過。

而賢者府有路卡特意護著，那些因為賢者大人聖寵正濃、想請少年幫忙當說客的人，全都被阻攔在外，因此官員大換血時並沒有驚動到沈夜。

其他人看著賢者府一直緊閉大門、賢者大人完全兩耳不聞窗外事的模樣，也不知該說這孩子是心太寬還是沉得住氣。

現在帝國一切事情已上了軌道，雖然暫時還看不出什麼，可是沈夜卻有信心，艾爾頓帝國在大家同心協力之下，一定會變得愈來愈好！

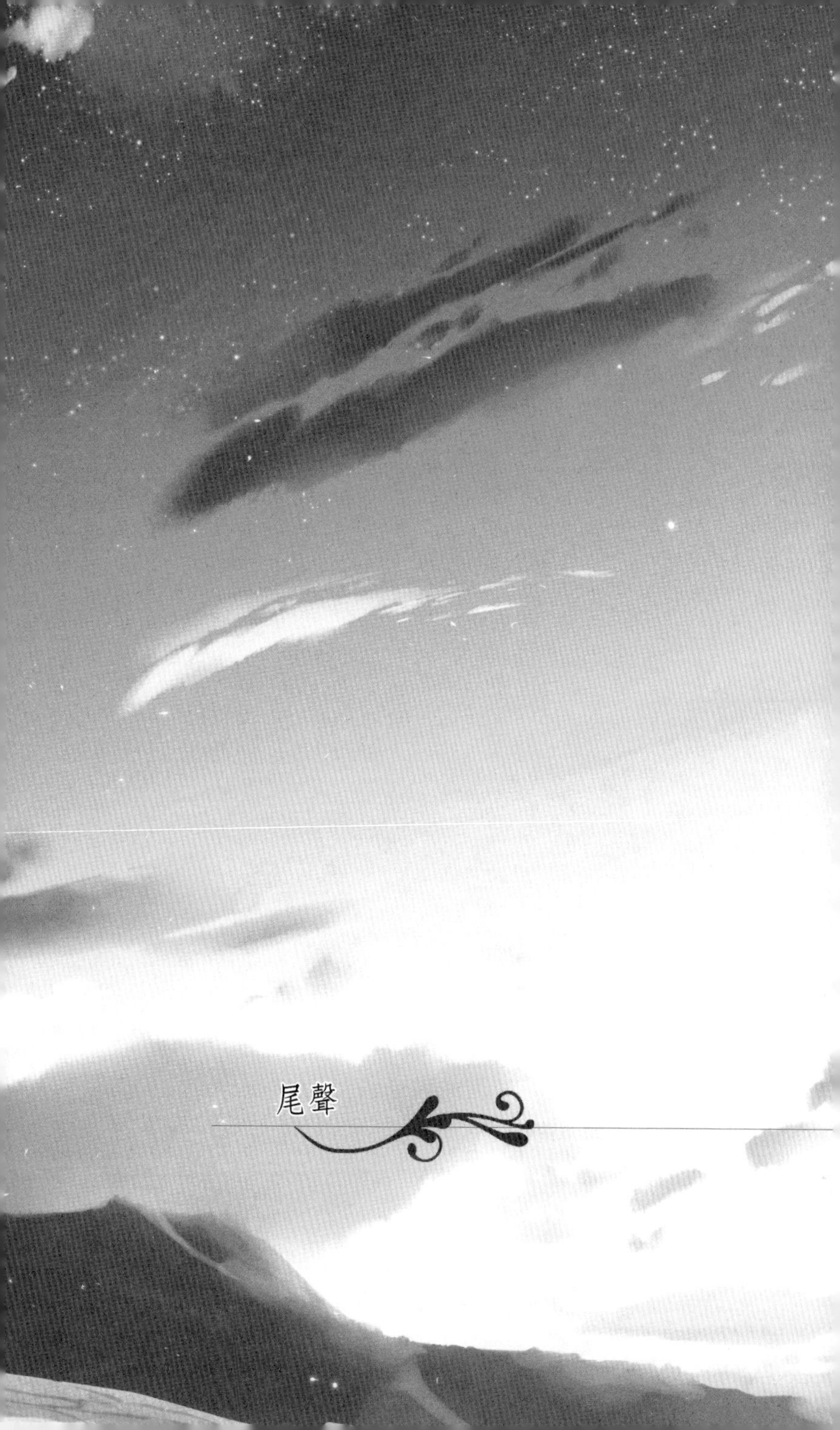

尾聲

清閒下來後，沈夜便有些坐不住了。解決了錫德里克家族與歐內特斯帝國這兩個心頭大患，又一口氣把累積下來的工作都處理妥當後，沈夜便想放一個長假，與親朋好友好好地到處暢遊一番。

他已經想好這趟旅行行程的規畫，先陪毛球到魔獸森林裡探訪獅鷲爸媽，再到弗羅倫斯帝國參加阿加莎與布理安的婚禮，最後到埃爾羅伊帝國探望賈瑞德，並且在歸還血石的同時，一定要好好向這個傲嬌的皇帝陛下感謝一番。這一次賈瑞德可是幫上大忙了！

還有，他先前答應過喬恩，要與她一起重回傑瑞米他們搭建的小村莊呢！回程時正好可以過去小住幾天。

心動不如行動，沈夜立即興致勃勃地向路卡請假。

聽完沈夜請假的原因後，路卡充滿溫和笑意的眸子精光一閃，隨即大手一揮便允許放行。

結果在沈夜一行人才剛出發不久，便驚見只帶著幾名護衛的路卡微笑著站在路中央攔截他們的馬車。

年輕皇帝道：「我仔細想過了，我國既然與弗羅倫斯帝國交好，阿加莎殿下也是在我們幫助之下才能順利與布里安騎士共結連理。那麼身爲艾爾頓帝國的皇帝，我理應親自出席他們的婚禮、送上祝福，好鞏固兩國之間的友誼。」

在眾人目瞪口呆的注視下，路卡繼續面不改色地說著冠冕堂皇的說詞。

「還有埃爾羅伊帝國，那個國家一向對外鎖國，自從賈瑞德登基後才逐漸對外開放。埃爾羅伊帝國作爲與我國國力不相上下的強大帝國，必定有不少能讓我們借鑑的地方，因此我決定要親自走訪一趟。而且那時賈瑞德願意出借珍貴的血石，幫了小夜一個大忙，也讓傑瑞米皇叔了解到父皇的苦衷，我理應親自前往道謝才對。」

「……」聽完路卡的長篇大論，他們竟然覺得對方的話實在好有道理，一時間只能無言以對。

沈夜想起路卡總是留在皇城裡坐鎮，也只有在他被綁架時忍不住跟著搜索隊跑了出來，只怕這些日子都快悶出病來了，想想也滿可憐的。

就連康熙都有六次下江南，還遇上不少紅顏知己呢……咳！總而言之，老把路卡留在皇城裡也太可憐了。

既然現在沒了歐內特斯帝國的威脅，他們這一行人的武力值也不低，讓路卡同行應該也沒什麼問題吧？

阿爾文的想法也差不多，自從路卡小小年紀登基，阿爾文便一直從旁扶持著。他親眼看著那個什麼都不懂的小皇子一步一步成爲明君，也十分了解路卡這一路以來的不容易。阿爾文看到路卡難得任性地要求著什麼，他這作兄長的實在不忍心拒絕。

團隊中最有話語權的二人都沒有異議，路卡便很順利地與眾人同行。

沈夜已經很久沒有如此悠閒，以前即使再清閒，也沒有眞正地放鬆。少年總是緊張地注意著四周動靜，深怕命運的慣性會在他不注意的時候，奪走他在意之人的性命。

這次從亞伯勒手中救出了阿爾文，並在亞伯勒身上設下了血咒後，沈夜覺得那種若有似無、被命運操控著的感覺終於徹底消失了，連接著阿爾文的死亡絲線總算眞正被剪斷。

他眞的成功了，新的旅程展開，接下來他們所要走的方向，便是無法預測的未來了吧？

那是一條沒有任何死亡陰霾籠罩、光明而嶄新的道路。

《夜之賢者》全書完

後記

不知不覺，《夜之賢者》這陪伴了我一年多的小說系列便來到尾聲了。

每次在小說的最後寫上「全書完」三個字時，心情都非常複雜。

既有完成一部作品的欣慰與自豪，卻又覺得非常不捨。

其實《夜賢》這個故事，在很久以前便開始構思了。記得一開始我跟編輯大人討論想要寫的題材時，我的說法是：「我想要寫一個領主的故事。」

是的，一開始構思的《夜賢》，與現在出版的故事有著非常大的差異。

那時我想寫一個穿越成為異世界貧困（？）伯爵的主角，擁有一片荒蕪的領地，並利用地球知識經營自己領地的故事。

然而這個構思一直只在腦海中，遲遲未動筆。同時隨著時間的推移，以及我的喜好變化而不斷修改著。

後來有一段時間特別想寫萌萌的小孩子，因此便變成主角養小孩的故事……根本與一開始的設定換了模樣！

再後來構思大綱時，想到孩子象徵著無限的可能性。要是把故事的重心點設定為主角能改變孩子們命運的話好像滿有趣的，而且孩子們長大後，主角養孩子變成被孩子養（？），想想還挺帶感的。

結果經過各種考量下，便變成了現在大家所看到的《夜之賢者》了。

我還滿懷念阿爾文他們小時候的模樣，寫沈夜養孩子其實很有趣，實在捨不得只有短短一集便讓他們長大成人。

不過因為擔心孩子版本要是寫的篇幅太長，大家都習慣了養孩子的設定，再讓角色長大後便會很難習慣，所以最終還是決定讓阿爾文他們的孩子版本只在第一集出現。

《夜賢》是一個溫馨的世界，角色們有著很緊密的聯繫。沈夜與孩子們雖然彼此間並沒有血緣關係，可是卻勝似親人。不過對於身為作者的沈夜來說，阿爾文他們也確確實實是他的孩子就是了。

對我來說，他們也是我可愛的孩子們。

雖然夜賢的故事已經結束了，可他們也一定在那個小說世界中幸福快樂地生活著吧XD

希望這部《夜之賢者》能夠爲大家帶來閱讀的快樂，也謝謝大家一直以來的支持！

嘗試了兩本以男生爲主角的小說後，下一本小說《門主很忙》，終於要寫回可愛的軟妹子了。

很久沒有寫女生當主角了，還眞有些懷念呢！

另外這次的新故事會有主角的感情線，大家敬請期待喔！

這次新小說系列的主角是名副其實的軟妹子，迷糊又軟萌，算是個大智若愚的角色吧？

故事是久違的東方古代背景，與《琉璃仙子》不同的是，這次的小說以武林故事爲主。武功是有的，但沒有法術、神獸等這些玄幻的元素。

雖然是武俠小說，可是卻不是以武打爲主，因爲女主角是不擅武的！

是的，大家沒有看錯，身爲主角的門主大人就只有三流的武力值……
至於不擅武的女主如何在江湖中掀起一股風浪，便請大家拭目以待吧！

香草

香草／最新系列

門主很忙

魔功重出江湖，武林人心惶惶。
玄天門門主方悅兒受各路門派所託，
帶著四大堂主，下山找人查案去！

武藝高強、多才多藝只是基本，
寵溺（?）當家門主更是堂主們的日常工作，
然而帶領他們的卻是個只懂花拳繡腿的軟呆萌妹子？
這樣的冒險真的沒問題嗎！？

魔功傳承的關鍵證人行蹤成謎，
唯有找到他，才能一探多起血案的真相。
江湖恩怨是非多，武力值掛蛋的門主，
勢必在這趟旅程中掀起不少風波啊……

二〇一七暑假前夕——

武功肉腳，翻轉你的輕武俠視野！

國家圖書館出版品預行編目資料

夜之賢者 / 香草著.——初版.——台北市：魔豆文化出版：蓋亞文化發行，2017.4
冊；公分.（fresh；FS131）
ISBN　978-986-94297-2-6（第8冊；平裝）

857.7　　106003533

fresh FS131

夜之賢者 08［完］

作者 / 香草
插畫 / 天藍　　封面設計 / 克里斯
出版社 / 魔豆文化有限公司
地址◎台北市103承德路二段75巷35號1樓
電話◎（02）25585438　傳眞◎（02）25585439
部落格◎ gaeabooks.pixnet.net/blog
臉書◎ www.facebook.com/Gaeabooks
電子信箱◎ gaea@gaeabooks.com.tw
投稿信箱◎ editor@gaeabooks.com.tw
郵撥帳號◎ 19769541　戶名：蓋亞文化有限公司
發行 / 蓋亞文化有限公司
法律顧問 / 宇達經貿法律事務所
總經銷 / 聯合發行股份有限公司
地址◎ 新北市新店區寶橋路二三五巷六弄六號二樓
電話◎（02）29178022　傳眞◎（02）29156275
港澳地區 / 一代匯集
地址◎ 九龍旺角塘尾道64號龍駒企業大廈10樓B&D室
電話◎（852）2783-8102　傳眞◎（852）2396-0050
初版二刷 / 2020年1月
定價 / 新台幣180元
Printed in Taiwan

ISBN / 978-986-94297-2-6

FS131

夜之賢者

Sage of Night 08 命運的走向 [完]

魔豆文化　讀者迴響

感謝您在茫茫書海中選擇了魔豆，您的支持是我們最大的動力。
不要缺席喔，讓我們一起乘著夢想的羽翼，穿越時空遨遊天地！

姓名：	性別：□男□女	出生日期：　年　月　日
聯絡電話：	手機：	
學歷：□小學□國中□高中□大學□研究所	職業：	
E-mail：		（請正確填寫）
通訊地址：□□□		
本書購自：　縣市　書店　□網路書店		
何處得知本書消息：□逛書店□親友推薦□DM廣告□網路□雜誌報導		
是否購買過魔豆其他書籍：□是，書名：		□否，首次購買
購買本書的動機是：□封面很吸引人□書名取得很讚□喜歡作者□價格便宜□其他		
是否參加過魔豆所舉辦的活動： □有，參加過　場　□無，因爲		
喜歡出版社製作什麼樣的贈品： □書卡□文具用品□衣服□作者簽名□海報□無所謂□其他：		
您對本書的意見： ◎內容／□滿意□尚可□待改進　◎編輯／□滿意□尚可□待改進 ◎封面設計／□滿意□尚可□待改進　◎定價／□滿意□尚可□待改進		
推薦好友，讓他們一起分享出版訊息，享有購書優惠 1.姓名：　e-mail： 2.姓名：　e-mail：		
其他建議：		

廣告回信 郵資免付
台北郵局登記證
台北廣字第00675號

TO：魔豆文化有限公司　收

103 台北市承德路二段75巷35號1樓

魔豆

魔豆